Rüdiger Bertram

Fünf Wunder für den Weihnachtsmann

© Brigitte Friedrich

Rüdiger Bertram wurde am letzten Maitag 1967 in Ratingen geboren und lebt seit seinem Studium mit seiner Frau und seinen zwei Kindern in Köln, wo er Drehbücher für Komödien und vor allem Kinder- und Jugendbücher schreibt. In seinen Büchern will er »gute Geschichten erzählen. Nicht mehr. Nicht weniger.« Für Ravensburger hat Rüdiger Bertram unter anderem schon zahlreiche sehr erfolgreiche Titel in der Leseraben-Reihe, das Kinderbuch »Norden ist, wo oben ist« und den komischen Fantasy-Vierteiler »Die magischen Vier« geschrieben.

Heribert Schulmeyer, geboren 1954, ist Illustrator und Comiczeichner. Er studierte freie Grafik und Illustration an der Kölner Werkschule, unter anderem bei Heinz Edelmann und Daniel Spoerri. Er arbeitet seitdem für »Die Sendung mit der Maus« und beim WDR und illustrierte schon viele Kinder- und Jugendbücher. Heribert Schulmeyer lebt in Köln.

Rüdiger Bertram

Fünf Wunder für den Weihnachtsmann

Eine Geschichte
in 24 Kapiteln

Mit Illustrationen von Heribert Schulmeyer

Ravensburger Buchverlag

Als Ravensburger Taschenbuch
Band 52517
erschienen 2014

MIX
Aus verantwortungsvollen Quellen
FSC
www.fsc.org
FSC® C114500

1 2 3 4 17 16 15 14

Ungekürzte Ausgabe

Postfach 18 60, 88188 Ravensburg
Die Erstausgabe erschien 2006
im Rowohlt Taschenbuch Verlag, Reinbek bei Hamburg.
Umschlag- und Innenillustrationen: Heribert Schulmeyer

Printed in Germany

ISBN 978-3-473-52517-1

www.ravensburger.de

1.

Eine Lichtung entsteht

33, 34 und 35. Freddie zählte jeden einzelnen seiner Axtschläge. Für die erste Tanne hatte er genau 38 gebraucht. Diese hier war dicker, und die stumpfe Axt, die Onkel Oswald ihm gegeben hatte, war in den letzten Stunden auch nicht schärfer geworden.

36, 37 und 38. Trotz der Kälte schwitzte Freddie wie ein Eisbär in der Wüste. Außerdem rieselte ihm ständig Schnee in den Kragen, der sich durch die Axthiebe von den Zweigen löste.

Tante Ruth und Onkel Oswald saßen mit Freddies Kusine Emily im Auto und warteten, bis er endlich fertig war. Freddie konnte den Wagen nicht sehen. Er stand hinter einem Holzstapel, aber Freddie war sich sicher, dass sie jetzt dadrinnen warmen Holundertee tranken und knusprige Honigplätzchen knabberten. Kusine Emily liebte Honig, und deswegen kaufte Tante Ruth das süße, klebrige Zeug immer gleich fassweise. Wenn Freddie Glück hatte, ließen sie ihm etwas von dem Tee übrig. Wahrscheinlich war das nicht. 39, 40 und 41.

Natürlich war es strengstens verboten, einfach so in den Wald zu fahren und dort einen Weihnachtsbaum zu schlagen. Deswegen hatte Onkel Oswald den Wagen auch etwas abseits geparkt und die Axt nicht selbst in die Hand genommen.

»Wenn der Förster kommt, sagen wir einfach, wir kennen dich nicht. Und jetzt geh und hau sie schon um«, hatte Tante Ruth gesagt, nachdem sie mit ihrem spitzen, dürren Zeigefinger erst auf Freddie und dann auf eine besonders schöne und groß gewachsene Tanne gezeigt hatte.

Das war vor zwei Stunden gewesen. 42, 43 und 44.

Inzwischen hatte Freddie mindestens ein Dutzend riesige Tannen fällen müssen. Immer wenn er gerade fertig war, hatte Tante Ruth einen anderen Baum entdeckt, den sie noch hübscher fand und den sie unbedingt mit nach Hause nehmen wollte, um daran ihre rosaroten Christbaumkugeln und ihr lila Lametta aufzuhängen. Auf diese Weise hatte Freddie schon eine kleine Lichtung in den Wald geschlagen.

45, 46 und 47.

Knirschkracksrabumms. Der letzte Schlag hatte der Tanne den Rest gegeben. Der Stamm knickte um und fiel laut krachend auf den Waldboden. Freddie verschwand unter einer Lawine, weil die Tanne im Fallen andere Bäume gestreift und den Schnee von den Ästen gefegt hatte.

Freddie wunderte sich, dass der Lärm nicht alle Oberförster, Unterförster und Försteranwärter der ganzen Umgebung alarmierte. Ihm war es egal, unter dem Schneehaufen hätte ihn sowieso niemand entdeckt.

Als er sich endlich darunter hervorgebuddelt hatte, sah er Onkel Oswald, Tante Ruth und Kusine Emily, die aus dem Wagen gestiegen waren, um die gefällte Tanne zu begutachten. Nach dem verheulten Gesicht von Emily zu urteilen, waren die Honigplätzchen alle.

»Das hat ja ewig gedauert, bis du das Streichholz da umgehauen hast«, knurrte Onkel Oswald.

»Er war noch nie der Schnellste, unser kleiner dummer Freddie. Aber schaut doch nur! Die Tanne dahinten! Die würde sich noch viel besser in unserem Wohnzimmer machen. Was meinst du, Oswald?«, flötete Tante Ruth und zeigte auf einen Baum, der alle anderen Tannen um einen halben Meter überragte.

»Quatsch mit Preiselbeersoße, wir nehmen jetzt die, die da liegt, und damit basta. Ich will hier draußen ja nicht übernachten«, raunzte Onkel Oswald sauer.

»Ich will nach Hause, ich will zu meinem Fernseher!«, heulte Emily und warf sich rücklings in den Schnee, wo sie wild mit den Armen und Beinen zu zappeln begann.

»Siehst du, unser Engelchen will auch nach Hause«, sagte Onkel Oswald und zog sich seine Handschuhe an.

Dann schnappte er sich die Tanne, die doppelt so groß wie er selbst war, und zerrte sie zum Wagen, während Tante Ruth weiter nach noch schöneren Bäumen Ausschau hielt. Ihre schrillen Seufzer, wenn sie wieder einen entdeckt hatte, hallten durch den ganzen Wald und scheuchten ein paar wintermüde Rehe aus dem Unterholz.

An diesem Morgen hatte Freddie gerade seinen Adventskalender geöffnet, als Tante Ruth und Onkel Oswald ihm verkündeten, dass sie in den Wald fahren und für die Feiertage einen Weihnachtsbaum schlagen wollten. Hinter dem Türchen mit der Nummer 22 hatte Freddie, wie auch an den 21 vorangegangenen Tagen, keine Schokolade gefunden. Alles, was er fand, war eine leere Plastikform und ein buntes Bildchen. Tante Ruth und Onkel Oswald hatten sich den neuen Kalender für Freddie gespart und ihm zu Beginn der Adventszeit einfach Kusine Emilys leer gefutterten vom Vorjahr gegeben. Tante Ruth hob alles auf: leere Adventskalender, leere Margarinedosen, leere Zahnpastatuben. Einfach alles.

Das Bild, das Freddie an diesem 22. Dezember hinter dem Türchen fand, zeigte eine kleine grüne Tanne. Freddie glaubte, dass das ein Zeichen war, und deswegen hatte er schon am Morgen beschlossen, auch für sich einen kleinen Tannenbaum aus dem Wald mitzubringen.

Unter der ersten Tanne, die er für Tante Ruth hatte fällen müssen, hatte Freddie ein bezauberndes Weihnachtsbäumchen entdeckt. Es war so klein, dass es gerade noch in die winzige Dachkammer passte, die er im Haus von Tante Ruth und Onkel Oswald bewohnte.

2.

Allein im Wald

Während Onkel Oswald die Riesentanne zum Auto zerrte, Tante Ruth seufzend noch ein paar Rehe verjagte, und sich Kusine Emily weiter kreischend auf dem Boden wälzte, schlich sich Freddie zu dem kleinen Bäumchen. Mit der Axt lockerte er rund um die Wurzeln den gefrorenen Boden. Freddie hatte nicht die Absicht, auch noch diesen Baum zu fällen. Er wollte die Tanne ausgraben und mitsamt dem Wurzelballen mit nach Hause nehmen. Nach den Feiertagen würde er sie im Park einbuddeln, wo er sie dann das ganze Jahr über besuchen konnte.

Als er den kleinen Baum vorsichtig aus der Erde zog, hörte er, wie Onkel Oswald den Motor startete. Schnell griff sich Freddie seine Tanne und lief über die Lichtung, die er in den letzten Stunden geschlagen hatte, zurück zu dem Waldweg, wo der Wagen parkte. Als er den Weg endlich erreicht hatte, sah er nur noch die roten Rücklichter von Onkel Oswalds Wagen, die in der Ferne verschwanden. Sie hatten ihn einfach vergessen.

Es war nicht das erste Mal, dass Tante Ruth und Onkel Oswald ihn irgendwo vergaßen. Freddie kannte den Rückweg von allen Supermarkt-Parkplätzen im Umkreis von 15 Kilometern auswendig. Manchmal vergaßen sie ihn auch gar nicht, sondern hatten einfach nur so viel eingekauft, dass für Freddie kein Platz mehr im Wagen war.

Freddie war das egal. Falsch, es war ihm nicht egal. Er liebte es. Die Stunden des Nachhauseweges waren die einzigen, in denen ihm die Meckereien, Schikanen und Hänseleien von Tante Ruth, Onkel Oswald und Kusine Emily erspart blieben.

Und was war schon dabei? So ein Spaziergang durch den verschneiten Winterwald war doch ganz nett, fand Freddie. Seine Sachen waren inzwischen getrocknet, und wenn er sich beeilte, schaffte er es locker noch vor 18 Uhr nach Hause. Dann schloss Tante Ruth die Haustür ab und ließ aus Angst vor Räubern und Einbrechern niemanden mehr herein.

Aus Furcht vor dem Förster war Onkel Oswald tief in den Wald hineingefahren und hatte von allen Wegen, die vom Hauptweg abzweigten, immer den kleinsten genommen, bis sie nach einer knappen Stunde vor der Tannenschonung angehalten hatten.

Freddie brauchte also nur den Spuren des Wagens zu folgen, um wieder nach Hause zu finden. Er schnappte sich seine Tanne und machte sich auf den Weg. Freddie genoss den Spaziergang. Das Bäumchen, das er unter dem Arm trug, war trotz des Wurzelballens so leicht, dass es ihn beim Gehen kaum störte. Außerdem begann es zu schneien, und wie er so lief, wanderten auch die Gedanken in Freddies Kopf und fanden von ganz allein zu seinen Eltern. Was hatte er mit ihnen für wundervolle Weihnachtstage erlebt! Sie hatten keine Bäume geklaut, sondern gemeinsam einen auf dem Weihnachtsmarkt ausgesucht, wo sie alle zusammen so lange Karussell gefahren waren, bis dem Ersten von ihnen schlecht wurde. Dann kaufte sein Vater für ihn und Freddies Mutter jedes Jahr ein riesiges Lebkuchenherz. Sein Vater dichtete die Aufschriften dafür. Das war sein Job. Er erfand die Sprüche für Weihnachtskarten, Glückskekse und Lebkuchenherzen. In dem Jahr vor dem Unfall hatte er Freddie und seiner Mutter ein Herz mit der Aufschrift

»Vom großen Glück
ein kleines Stück«

geschenkt. Das Lebkuchenherz war eines der wenigen Erinnerungsstücke an seine Eltern, die Freddie zu Tante Ruth und Onkel Oswald hatte mitnehmen dürfen. Freddie hatte es über sein Bett gehängt und sich geschworen, es niemals aufzuessen. Selbst wenn er, und das war bei Tante Ruth und Onkel Oswald gar nicht selten, vor Hunger schon fliegende Eisbecher und schwebende Schokoladentorten sah.

Einmal hatte er seine Kusine Emily erwischt, die auf der Suche nach etwas Süßem das Herz entdeckt hatte und schon kurz davor war, ihre schwarzen Milchzähne darin zu vergraben. Freddie hatte es ihr im letzten Moment entreißen können, und Kusine Emily war sofort heulend zu Tante Ruth gerannt, um zu petzen, dass Freddie nicht mit ihr teilen wollte. Dabei hatte sie noch nie etwas geteilt. Freddie war überzeugt, dass sie nicht einmal wusste, was das Wort teilen überhaupt bedeutete.

Seit einem Jahr lebte er nun schon in der kleinen Dachstube bei Tante Ruth, Onkel Oswald und Kusine Emily. Nach dem Unfall von Freddies Eltern hatten sie ihn aufgenommen, weil sie wussten, dass man vom Jugendamt dafür Geld bekommt, und weil die winzige Kammer unterm Dach gerade frei geworden war. Ihre Haushälterin hatte genug von Tante Ruths Meckereien gehabt und war ausgezogen. Da kam Freddie gerade recht. Tante Ruth und Onkel Oswald brauchten dringend eine Hilfe im Haushalt – umso besser, wenn man sie nicht bezahlen musste, sondern auch noch Geld dafür erhielt. Die einzige Zeit am Tag, die Freddie ganz für sich hatte, waren sein Schulweg und die Spaziergänge nach Hause, wenn sie ihn mal wieder irgendwo vergessen hatten.

Aus den zarten Schneeflocken waren inzwischen dicke Zuckerwatteklecks geworden. Erschrocken stellte Freddie fest, dass er die Wagenspuren nicht mehr erkennen konnte. Der Schnee hatte sie zugedeckt, und Freddie war sich nicht mehr sicher, ob er noch auf dem richtigen Weg war.

3.

Folge deinem Stern

Es wurde jetzt schnell dunkel. Bis um 18 Uhr würde Freddie es auf keinen Fall nach Hause schaffen. Das bedeutete, dass er in der Garage schlafen musste. Wenn er in dieser Nacht überhaupt wieder aus dem Wald herausfand. Und auch da war Freddie sich gar nicht mehr sicher.

Die Bäume standen jetzt so dicht, dass kein Auto

zwischen den Stämmen hindurchgepasste hätte. Kein Zweifel, das war nicht der Weg, den Onkel Oswald mit dem Wagen genommen hatte. Freddie hatte sich verlaufen. Er blieb stehen, um zu überlegen, was zu tun war. Zum Glück gab es hier keine Bären, tröstete er sich. Vielleicht, überlegte Freddie, war aber einer aus dem Zirkus ausgebrochen und streunte hier herum auf der Suche nach einem schmackhaften Happen zum Abendbrot.

Freddie beschloss, einfach geradeaus weiterzugehen. Immer geradeaus. Dann musste er ja irgendwann wieder hier herausfinden. So groß konnte dieser Wald gar nicht sein. Dort, wo sie wohnten, gab es keine unendlichen Wälder mehr. Die waren alle längst abgeholzt worden, schon vor Jahrhunderten. Wahrscheinlich von irgendwelchen kleinen Jungen, die für ihre Tante Weihnachtsbäume schlagen mussten, dachte Freddie bitter.

Die Sonne war nun schon vor einiger Zeit untergegangen, und das gefiel Freddie überhaupt nicht. Es hatte aufgehört zu schneien, und im Schein des Mondes sahen selbst die harmlosesten, mit schneebestäubten Bäume aus wie weiß bandagierte Mumien, die nur darauf warteten, dass man ihnen den Rücken zukehrte. Tapfer klammerte sich Freddie an seine kleine

Tanne. So piksig und stachelig sie auch war, gab sie ihm immerhin ein wenig Mut und das Gefühl, nicht ganz allein zu sein.

Vor ihm funkelte eine verschneite Lichtung silbern im Mondlicht. Obwohl der frische Schnee alles verändert hatte, erkannte Freddie sie wieder. Es war dieselbe Lichtung, die er vor einigen Stunden selbst geschlagen hatte. Freddie war im Kreis gelaufen.

Doch unter der dicken Schneedecke hatte sich alles verändert. Die gefällten Tannen sahen aus wie verzauberte Hünengräber. Über allem lag ein dicker weißer Teppich, und so war es für Freddie völlig unmöglich, den Holzstapel wiederzufinden, hinter dem Onkel Oswald seinen Wagen versteckt hatte, und damit auch den Weg, der ihn nach Hause geführt hätte.

Freddie hätte am liebsten losgeheult, doch dann fiel ihm ein Glückskeks-Spruch seines Vaters ein:

»Folge deinem Stern.«

Das war die Lösung. Freddie suchte sich am Himmel einen Stern aus, der besonders hell leuchtete. Das hätte er schon viel früher machen sollen, ärgerte er sich. Wenn er ihm folgte, konnte er sichergehen, nicht noch einmal im Kreis zu laufen. Irgendwo musste dieser blöde Wald ja enden.

Entschlossen packte Freddie das Bäumchen, fixierte seinen Stern und marschierte los. Freddie hoffte sehr, dass er dabei tapfer und mutig genug aussah, um die entflohenen Bären abzuschrecken, die sich vielleicht doch hier irgendwo in der Gegend herumtrieben. Bisher hatte er zwar noch keine gesehen, und auch die Spuren im Schnee schienen – soweit Freddie das beurteilen konnte – eher von Hasen oder Rehen zu stammen. Aber man konnte ja nie wissen, ob die Bären sich nicht doch hinter einem Baum versteckten und nur darauf warteten, sich auf ihn zu stürzen, sobald er mit seiner Kraft am Ende war.

Lange konnte das nicht mehr dauern. Freddie war müde und hungrig. Das letzte Mal, dass er etwas gegessen hatte, war beim Frühstück gewesen, und das fiel bei Tante Ruth und Onkel Oswald mit einer halben Scheibe Toast und einer viertel Tasse Tee für Freddie nicht gerade üppig aus. Außerdem war ihm kalt. So schlimm es ihm auch bei Tante Ruth, Onkel Oswald und Kusine Emily erging, das hier war auch nicht viel besser.

Freddie fühlte sich so einsam und mutlos, dass er sich sogar darüber gefreut hätte, wenn Tante Ruth plötzlich hinter einem Baum hervorgesprungen wäre und »April, April!« gerufen hätte. Aber bis zum 1. April war es noch lange hin. Bis dahin würden Waldarbeiter seine ausgebleichten Knochen längst unter einem Baum gefunden haben – wahrscheinlich einer Tanne.

Freddie stellte sich vor, wie Tante Ruth, Onkel Oswald und Kusine Emily heulend an seinem Grab standen und sich dafür schämten, wie schlecht sie ihn behandelt hatten. Aber das war natürlich völliger Blödsinn. Tante Ruth und Onkel Oswald würden sich niemals schämen. Sie würden sich höchstens ärgern, dass sie sich schon wieder eine neue Haushaltshilfe suchen müssten, und Kusine Emily wäre hoch erfreut, Freddies Dachkammer endlich als Stall für ihre stinkenden Meerschweinchen nutzen zu können.

4.

Eine Hütte im Wald

Beim Gedanken an seine Stieffamilie wurde Freddie wütend. Wut war gut. Wut gab Kraft. Vor ihm wurde es jetzt wieder etwas heller. Nicht schon wieder die Lichtung, stöhnte Freddie. Aber es war nicht die Lichtung. Das Licht kam aus dem Fenster einer kleinen Hütte, aus deren Schornstein dunkelgrauer Rauch in den schwarzen Himmel stieg. Die Hütte stand genau unter dem Stern, dem Freddie gefolgt war. Er war gerettet. Falls, dachte Freddie, falls in der Hütte nicht jemand wohnte, der Kinder zum Fressen gernhatte.

Auch wenn die Hütte von außen einen ganz freundlichen Eindruck machte, hielt Freddie es für klüger, erst einmal die Lage zu peilen, ehe er anklopfte. Es war eine Blockhütte, so eine, wie sie die Trapper in Alaska bewohnen. Sie war ganz aus Holz, abgesehen von dem gemauerten Kamin und den Fenstern.

Neben der Tür stand eine Bank. Freddie hätte sich gerne etwas gesetzt und ausgeruht, aber von der Dachrinne hingen pfeilspitze Eiszapfen herunter, und Freddie hatte keine Lust, so kurz vor seiner Rettung von einem gefrorenen Stück Wasser aufgespießt zu werden.

Stattdessen versuchte er, durch die Fenster ins Innere der Hütte zu spähen. Es war aussichtslos. Die Scheiben waren beschlagen. Auch wenn die Wärme dort drinnen verlockend war, beschloss Freddie, erst noch eine Runde um die Hütte zu drehen. Wenn er auch dort nichts Verdächtiges fand, wollte er es wagen, anzuklopfen.

An der Seitenwand der Hütte war Brennholz aufgestapelt, fast bis hoch zum Dach, und hinter der Hütte war ein Stall, aus dem es nach frischem Stroh roch. Am Stalltor hing ein großes Schloss, sodass Freddie auch hier nicht hineinschauen konnte. Hinter dem Tor aber hörte er Tiere grunzen und rascheln. Pferde, Kühe oder Ziegen waren es nicht. Wölfe, Bären oder andere Bestien allerdings auch nicht.

Freddie ging weiter um die Hütte herum und lag auf einmal der Länge nach im Schnee. Als er sich aufsetzte, entdeckte er die Kufen eines Schlittens, über die er gestolpert war und die der Neuschnee fast völlig unter sich begraben hatte. Doch es war kein gewöhnlicher Schlitten. Damals bei seinen Eltern hatte Freddie einen Schlitten besessen, auf dem sie zu dritt die verschneiten Hügel hinuntergesaust waren. Der hier war größer, viel größer. Er war eher eine Art Kutsche mit Kufen. Vorne hatte er eine Deichsel, an die man Pferde anspannen konnte, und hinter dem Kutschbock, auf dem bequem drei Erwachsene Platz fanden, war eine geräumige Ladefläche.

Freddie hatte genug gesehen, und bis auf die Eiszapfen über dem Eingang hatte er nichts Beunruhigendes entdecken können. Eigentlich war es ja auch egal, ob er hier draußen erfror oder dadrinnen im Ofen gebraten wurde. Außerdem glaubte Freddie schon lange nicht mehr an solche Schauermärchen. Auch nicht an Wunder, Elfen und solchen Schnickschnack. Freddie holte tief Luft, trat dicht an die Tür und klopfte an.

Nichts geschah. Fast eine Ewigkeit lang, so kam es ihm vor. Freddie klopfte noch einmal. Lauter diesmal. Wieder geschah nichts. Nach einer weiteren Ewigkeit hörte er schlurfende Schritte, die sich langsam näherten. Freddie spuckte in die Hände und strich sich über die Haare, um einen guten Eindruck zu machen. Dann ging endlich die Tür auf.

Im Türrahmen stand ein Mann. Er war mindestens doppelt so groß wie Freddie, und über seinem gelben, wattierten Morgenmantel trug er einen langen weißen Bart, der genauso dicht und voll war wie seine buschigen Augenbrauen. Aus klaren blauen Augen blickte er streng auf Freddie herab.

»Wer bist du? Was willst du? Und warum bist du nicht schon längst wieder weg?«, dröhnte der tiefe Bass des Mannes.

»Ich … ich … ich hab mich verlaufen und mir ist kalt, saukalt«, stammelte Freddie.

»Wundert mich gar nicht, ist ja auch Winter«, grummelte der Alte und kramte aus den Taschen seines Morgenmantels ein großes, dreckiges Stofftaschentuch hervor. Dann schnäuzte er sich so kräftig, dass Freddie mitsamt seinem Bäumchen einen halben Meter nach hinten geschleudert wurde. Das war ein großes Glück für ihn, denn durch den gewaltigen Schnäuzer lösten sich die Eiszapfen von der Dachrinne und bohrten sich in den Boden – genau dort, wo Freddie gerade noch gestanden hatte.

5.

Eine heiße Schokolade

»Komm rein, aber lass deine Tanne draußen. Ich kann Tannen nicht leiden«, sagte der Alte und drehte sich um. »Und zieh dir gefälligst die Schuhe aus. Matschpfützen in meiner Hütte kann ich nämlich noch weniger leiden.«

Freddie beeilte sich, schnell wieder auf die Beine zu

kommen. Er wollte jetzt endlich ins Warme, und da war es klüger, nicht zu lange zu zögern. Sonst überlegte es sich der komische Alte noch anders und knallte ihm die Tür vor der Nase zu. Freddie stellte seine kleine Tanne neben der Tür ab und zog sich die Schuhe aus. Dann betrat er die Hütte.

»Auch eine heiße Schokolade?«, fragte der Alte, während er auf dem Ofen Milch zum Kochen brachte und dabei Freddie keines Blickes würdigte.

»Gerne, wenn es für Sie keine Umstände macht«, antwortete Freddie so höflich, wie seine Mutter es ihm beigebracht hatte.

»Natürlich macht es Umstände, aber ich wollte mir gerade selbst eine machen, sonst hätte ich sie dir gar nicht angeboten«, brummte der Alte, der sorgsam darauf achtete, dass die Milch nicht überkochte.

»Und jetzt setz dich endlich. Wenn du so rumstehst, siehst du aus, als ob du ein Gedicht vortragen wolltest, und ich kann Gedichte nicht ausstehen.«

Freddie wunderte sich, woher der Alte wusste, dass er immer noch stand, obwohl der Alte sich gar nicht umgedreht hatte, aber er hielt es für besser, keine Fragen zu stellen. Jetzt noch nicht. Freddie suchte nach etwas, um sich zu setzen. In einer Ecke standen ein zerschlissener Sessel und daneben ein klappriger

Holzstuhl, auf den jemand, wahrscheinlich der Alte selbst, achtlos einen roten Kapuzenmantel und einen löchrigen Strumpf geworfen hatte. Der Mantel hatte einen weißen Kragen und war völlig zerknittert. Freddie strich ihn ein wenig glatt, bevor er ihn an einen Haken neben der Tür hängte. Dann wischte er mit einer schnellen Handbewegung den löchrigen Socken unter den Sessel und setzte sich.

Der Alte hatte jetzt schon eine ganze Weile nichts mehr gesagt. Er konzentrierte sich darauf, drei Dutzend voll gehäufte Esslöffel Schokoladenpulver in die heiße Milch zu rühren. Das Einzige, was in der Hütte zu hören war, war das Geräusch des Löffels, der ab und zu über den Topfboden kratzte. Freddie nutzte die Stille, um sich weiter in der Hütte umzusehen.

Neben der Tür standen ein Paar dreckige Stiefel auf dem Boden. Daneben lagen zehn oder zwölf ungeöffnete Postsäcke, die mit einem großen roten Siegel verschlossen waren. Sonst befand sich nicht viel in dem kleinen Raum. Ein Schrank und ein Bett waren abgesehen von dem Ofen, einem kleinen Tisch, dem Stuhl und dem Sessel, die einzigen Möbelstücke. Auf dem Bett lag eine rote Hose, und über dem Bettpfosten hing eine Mütze in derselben Farbe mit einem weißen Pelzrand.

Langsam ging Freddie ein Licht auf. Um seine mickrige Rente aufzubessern, trat der Alte als Weihnachtsmann auf, wahrscheinlich in der Fußgängerzone oder in irgendeinem Kaufhaus. Kein Wunder, dass er so schlecht gelaunt war.

Wenn Freddie in so einer dämlichen Verkleidung vor einem Kaufhaus stehen müsste, überlegte er, wäre er am Feierabend ganz bestimmt noch schlechter gelaunt als sein Gastgeber.

Freddie stellte es sich grässlich vor, den ganzen Tag den Weihnachtsclown zu spielen für irgendwelche Kleinkinder, die noch an den Weihnachtsmann glaubten, oder für rührselige alte Tanten. Freddie glaubte schon lange nicht mehr an den Weihnachtsmann. Um genau zu sein, seit dem Tag, an dem seine Eltern den Unfall gehabt hatten.

Drüben am Ofen schien der Alte nun endlich mit dem Ergebnis seiner Rührerei zufrieden zu sein. Er goss die heiße Schokolade in zwei Becher, gab zwei Strohhalme dazu und kam zu Freddie herüber.

»Das wärmt«, sagte er und reichte Freddie die größere der beiden Tassen. Dann setzte er sich in den Sessel, seufzte einmal tief und streckte die Beine aus.

»Danke«, nuschelte Freddie. Er hätte gern noch mehr gesagt, wusste aber nicht so genau, was. Auch der Alte unternahm nichts, um ein Gespräch zu beginnen. Es schien ihn überhaupt nicht zu interessieren, wo Freddie herkam oder wo er hinwollte, so ganz allein im Wald und dazu mitten in der Nacht. Alles, was der Alte tat, war, in die Glut des Ofens zu starren und in regelmäßigen Abständen an seiner Schokolade zu nippen.

»Es ist sicher sehr anstrengend, im Kaufhaus den Weihnachtsmann zu spielen, nicht wahr?«

Freddie hatte lange überlegt, was er als Erstes sagen sollte. Ein paar mitfühlende Worte schienen ihm angebracht. Doch noch bevor Freddie zu Ende gesprochen hatte, verschluckte sich der Alte an der Schokolade, sprang aus dem Sessel auf und verschüttete dabei die Hälfte des Kakaos über seinen Morgenmantel. Dann folgte ein Wutausbruch, gegen den selbst die gefürchteten Anfälle von Tante Ruth wie eine freundliche Einladung zum Tee wirkten.

6.

Es gibt ihn doch

»Diese Anfänger, diese Nichtskönner, diese Plastiknikoläuse! Wie kannst du es wagen, mich mit denen zu vergleichen?«, tobte der Alte. »Ist das der Dank, dass ich dich aufnehme und dir eine heiße Schokolade spendiere? Diese billigen Kopien, diese unbegabten Amateure, diese ... diese Verbrecher! Eine Schande, jawohl, das sind sie. Alles, was diese verkleideten Papageien können, ist billig aussehen und Unsinn reden. Aber wenn dann wirklich mal der echte Weihnachtsmann kommt, was glaubst du, was passiert dann?«

Der Alte sah Freddie herausfordernd an, doch der zog es vor, lieber nicht noch einmal etwas Falsches zu sagen. Freddie zuckte die Achseln, und so beantwortete der Alte seine Frage gleich selbst.

»Es erkennt ihn keiner mehr! Niemand. Kein Einziger. Stattdessen wollen sie alle an meinem Bart zupfen und gucken, ob der auch echt ist.«

Der Alte wedelte mit der Spitze seines Bartes vor Freddies Gesicht herum.

»Los, zieh schon, dann wirst du ja sehen, ob der echt ist.«

»Lieber nicht«, murmelte Freddie verlegen.

»Zieh!«

Freddie blieb keine Wahl. Er zupfte an den weißen Haaren, und tatsächlich, der Bart war zweifelsohne echt.

»Siehst du«, sagte der Alte zufrieden. »Im Grunde können sie ja gar nichts dafür. Stell dir vor, ich setze deiner Tante Ruth 132 Freddies vor die Nase. Woher soll sie wissen, wer von denen der echte ist?«

Der Alte hielt einen Moment inne und kratzte sich am Ohr. »Schlechtes Beispiel. Deiner Tante wäre es völlig egal, ob du der echte oder ein falscher Freddie bist. Hauptsache du putzt die Treppe ordentlich.«

Mit dem letzten Satz hatte sich der Alte in seinen Sessel plumpsen lassen und wieder begonnen, düster in die Ofenglut zu starren.

Freddie stutzte. Woher kannte der Alte Tante Ruth? Das war seltsam. Vielleicht war der Mann einfach nur total durchgeknallt und aus einer Irrenanstalt geflohen. Das würde auch erklären, warum er hier so einsam mitten im Wald hauste. Damit ihn keiner fand und in die Klapsmühle zurückbrachte.

Aber woher wusste er dann Freddies Namen? Vielleicht hatte er vorher beim Geheimdienst gearbeitet und kannte deswegen alle Details aus Freddies Leben oder er hatte sie vorher schon heimlich beim Schlagen der Tannen beobachtet. Was hatte sein Vater immer gesagt? Es gibt für alles eine Erklärung, und mit Verrückten muss man nachsichtig sein und ihre noch so fantastischen Vorstellungen von der Welt ernst nehmen. Wahrscheinlich glaubte der arme alte Kerl tatsächlich selbst, dass er der echte Weihnachtsmann war.

»Tut mir leid, ich wusste ja nicht …«, stotterte Freddie.

»Tut mir leid … tut mir leid … tut mir leid, das lässt

sich leicht sagen«, brummte der Alte, aber es klang längst nicht mehr so böse. Dann spähte er in seinen halb leeren Becher. »Schade um die schöne Schokolade.«

Freddie ließ noch eine Weile verstreichen, ehe er es wagte, wieder etwas zu sagen.

»Und Sie sind wirklich der Weihnachtsmann? Ich meine, der echte?«, fragte er vorsichtig.

»Der Osterhase bin ich bestimmt nicht«, antwortete der Alte.

»Aber den gibt es doch gar nicht.«

»Klar gibt es den Osterhasen.«

»Ich meine den Weihnachtsmann, den gibt es doch gar nicht.«

»Sehe ich etwa aus wie ein Geist? Dein Vater hätte den Weihnachtsmann erkannt, wenn er ihn gesehen hätte. War ein feiner Kerl, dein Vater. Auf ihn!«

Der Alte hob seinen Becher in die Höhe.

»Na los, mach schon. Hoch die Tassen!«, rief er und stieß krachend seinen gegen Freddies Becher. »Auf Freddies Vater, der jedes einzelne Weihnachtsgeschenk verdient hat, das er bekommen hat. Und das kann man wahrhaftig nicht von vielen sagen.«

Freddie fand das einen sehr schönen Trinkspruch. Vielleicht war der Kerl ja doch nicht verrückt. Vielleicht war er ja wirklich … Aber wenn er tatsächlich der echte Weihnachtsmann sein sollte, nur mal angenommen, obwohl das natürlich völlig unmöglich war, warum saß er dann im wattierten Morgenmantel faul in seinem Sessel und legte die Füße hoch? Übermorgen war Heiligabend, da musste er doch jede Menge zu tun haben.

Früher, als seine Eltern noch lebten, hatte Freddie sich immer vorgestellt, dass der Weihnachtsmann an den Tagen vor Heiligabend vor lauter Arbeit nicht einmal zum Schlafen kam. Damals hatte er Freddie so leidgetan, dass er an einem Heiligabend sogar auf alle seine Geschenke verzichtet hatte, um den Weihnachtsmann ein wenig zu entlasten.

Na ja, auf fast alle.

7.

Die Wette

Lautes Schlürfen schreckte Freddie aus seinen Gedanken. Der Alte neben ihm versuchte, mit einem Strohhalm die letzten Tropfen Schokolade vom Boden seines Bechers zu saugen.

Irgendetwas stimmt hier nicht, dachte Freddie und er war fest entschlossen, herauszufinden, was es war.

»Wenn Sie wirklich der Weihnachtsmann sind,

warum sitzen Sie dann faul im Sessel, statt Geschenke einzupacken und Ihren Schlitten flottzumachen?«

»Weil es sich nicht mehr lohnt!« Der Alte schlürfte ungerührt weiter. »Ich habe den Job letzten Januar an den Nagel gehängt. Endgültig. Jedes Jahr komme ich mit einer Riesenerkältung nach Hause, aber meinst du, nach den Feiertagen erkundigt sich auch nur ein Mensch, wie es mir geht?«

Freddie starrte den Alten entgeistert an. Wie konnte man nur so egoistisch sein? Ihm konnte es egal sein, er glaubte ja sowieso nicht mehr an den Weihnachtsmann, aber was war mit den anderen, denen, die noch an das ganze Rentier-, Jutesack- und Roter-Mantel-Zeugs glaubten?

»Sie können die vielen Kinder doch nicht einfach im Stich lassen!«

»Solange die von Mama, Papa, Oma und Opa ihre Geschenke kriegen, werden sie mich nicht vermissen. Niemand vermisst mich.«

»Aber was ist mit denen, die wirklich noch an Sie glauben?«

Der Alte sah zu Freddie herüber. Seine blauen Augen blitzten spöttisch. »Gib mir ihre Namen und Adressen, und ich schick ihnen eine Weihnachtskarte. Eine, die *Stille Nacht* spielt, wenn man sie aufklappt.«

»Aber das können Sie doch nicht machen!«

»Ich kann alles, ich bin der Weihnachtsmann. Schon vergessen?«

In Freddies Kopf liefen die Drähte heiß. Es musste doch einen Weg geben, diesen Sturkopf zur Vernunft zu bringen. Plötzlich hatte Freddie eine Idee: eine Wette. Er würde ihm eine Wette vorschlagen.

»Wenn ich zehn ...«, Freddie stockte. »Nein, besser, wenn ich bis zum Heiligabend fünf Menschen finde, die an den Weihnachtsmann glauben, machen Sie dann weiter?«

Der Alte betrachtete Freddie amüsiert. »Und was setzt du dagegen?«

Daran hatte Freddie noch gar nicht gedacht. In der Eile fiel ihm nur ein Einsatz ein, der der Bedeutung der Wette angemessen erschien.

»Ich habe zuhause ein altes Lebkuchenherz ...«

»... das dein Vater dir geschenkt hat, ich weiß«, unterbrach ihn der Alte. »Das ist zwar mittlerweile steinhart, aber gut: einverstanden!« Der Alte sah Freddie mitleidig an. »Das gehört schon so gut wie mir. Da müsste schon ein Wunder, nein, fünf Wunder müssten geschehen, damit du dein Herz behältst.«

Freddie streckte dem Alten seine Hand hin.

»Abgemacht?«

»Abgemacht!« Der Alte schlug ein. »Aber Babys und Windelpupser zählen nicht. Fünf Richtige müssen es schon sein, und jetzt komm, du kannst mir helfen, die Rentiere hinten im Stall zu füttern.«

Am nächsten Morgen riss lautes Schnarchen Freddie aus dem Schlaf. Draußen war es noch stockfinster, und nur das Feuer im Ofen erleuchtete das Zimmer ein wenig. Freddie lag unter einer warmen Decke im Bett des Weihnachtsmannes, der es sich in seinem Sessel bequem gemacht hatte und im Schlaf laut vor sich hin prustete.

Nachdem sie die Rentiere gefüttert hatten, hatte der Weihnachtsmann für sie beide Bratäpfel gemacht. Die besten, die Freddie je gegessen hatte. Besser sogar als die von seiner Mutter. Danach hatten sie noch lange zusammengesessen. Der Weihnachtsmann hatte von den Zeiten erzählt, als noch jeder an ihn geglaubt hatte. Schöne Zeiten waren das gewesen, voller Kinderlachen und süßen Gerüchen in der Luft. Auch Freddie hatte erzählt: von den letzten fröhlichen Weihnachtstagen, die er mit seinen Eltern erlebt hatte, und von den weniger glücklichen bei Tante Ruth und Onkel Oswald.

Dann waren sie schlafen gegangen.

Freddie lag im Bett und lauschte eine Weile auf das Schnarchen des Alten. Schnarchte der Weihnachtsmann? War das überhaupt der Weihnachtsmann oder doch nur irgendein Irrer, der sich für den Weihnachtsmann hielt? Gestern Abend hätte er es fast geglaubt, aber das hatte wahrscheinlich nur an der gemütlichen Stimmung in der Hütte und dem ganzen Gerede über seinen Vater gelegen.

Freddie erinnerte sich an die Wette, die er dem Alten am Abend vorgeschlagen hatte. Wettschulden sind Ehrenschulden, hatte sein Vater immer gesagt. Und: Kneifen gilt nicht. Auch wenn sich Freddie mittlerweile überhaupt nicht mehr so sicher war, dass der Alte da vorne in dem Sessel tatsächlich der Weihnachtsmann war, blieb ihm wohl nichts anderes übrig, als diese fünf Richtigen zu finden und hierherzuschleppen. Koste es, was es wolle.

8.

Eine Schlittenfahrt

Im Sessel bewegte sich jetzt etwas. Der Alte reckte und streckte sich und sah Freddie an, als wäre es das Normalste von der Welt, dass da ein fremder Junge in seinem Bett lag.

»Was für ein wunderbarer Morgen!«, rief er Freddie zu. »Was das früher am 23. Dezember immer für eine

Hektik war. Und jetzt sei so gut und füttere die Tiere, ich mach uns Frühstück.«

Als Freddie aus dem Stall zurückkam, stand auf dem Tisch ein gewaltiges Frühstück mit Kirschmarmelade, Erdbeermarmelade, Himbeermarmelade und Heidelbeermarmelade, hart gekochten und weich gekochten Eiern, Spiegeleiern und Rühreiern, frischen Brötchen, Weckchen, Butterhörnchen und Croissants, Schokoladencreme aus reiner Vollmilchschokolade, Fleischbällchen, geräuchertem und gekochtem Schinken, Käse und Fleischwurst, Marzipanbroten, Gummibärchen, Kirschlutschern, sauren Drops und Schokoküssen, Marmorkuchen, Käsekuchen und Schwarzwälder Kirschtorte sowie Orangen, Nektarinen und Bananen. Dazu tranken sie Orangensaft, Grapefruitsaft und Erdbeersaft, roten, schwarzen und grünen Tee, Malzkaffee, Limonade, Cola und heiße Schokolade, in der so viel Kakao war, dass der Löffel darin stehen blieb.

»Hast du heute nicht noch was vor?«, fragte der Alte, als sie endlich fertig waren. Dabei pulte er aus dem letzten Brötchen die weiche Füllung heraus, formte sie zu einer murmelgroßen Kugel und wischte damit die Reste aus dem Topf mit der Schokocreme.

»Ich?« Freddie verstand nur Bahnhof.

»Musst du nicht zur Schule? Außerdem – aber es ist schließlich dein Lebkuchenherz, das du verlierst – haben wir doch noch eine Wette laufen, oder irre ich mich?«

Die Wette! Die hatte Freddie über dem üppigen Frühstück völlig vergessen.

»Oh Schreck, wie spät ist es denn schon?«

»Keinen blassen Schimmer. Meine Uhren habe ich alle weggeschmissen. Brauche ich ja nicht mehr, jetzt im Ruhestand. Würde schätzen, so gegen halb acht. Wird wohl noch ein paar Jährchen dauern, bis ich mir das verflixte frühe Aufstehen zur Weihnachtszeit abgewöhnt habe.«

»Können Sie mir zeigen, wie ich wieder nach Hause finde?«, fragte Freddie.

»Ich bin doch nicht blöd und werd dir noch helfen, deine Wette zu gewinnen. Grad jetzt, wo ich mich so schön ans Nichtstun gewöhne«, antwortete der Alte und gähnte.

»Aber das ist nicht fair. Das ist gegen die Weihnachtsmannehre.«

Der Alte sah Freddie einen Moment verwundert an, dann grinste er.

»Du kannst ja kämpfen! Ganz wie dein Vater. Abgemacht, und weißt du was?«

Freddie schüttelte den Kopf.

»Ich bring dich sogar bis zur nächsten Bushaltestelle. Aber den Rest musst du schon alleine schaffen.«

Es dauerte nicht lange, und der Alte hatte seine Rentiere vor den Schlitten gespannt. Freddie legte vorsichtig sein Tannenbäumchen auf die Ablage und stieg neben dem Alten auf den Kutschbock. Dann schnalzte der Alte mit der Zunge, und die Tiere trabten los. Über Nacht hatte es wieder geschneit. Der Schnee lag unberührt zwischen den Bäumen, doch als Freddie sich umdrehte, sah er, dass weder der Schlitten noch die Rentiere irgendwelche Spuren hinterließen. Freddie wunderte sich nicht mehr darüber. Damit hatte er schon längst aufgehört.

Als der Wald lichter wurde und eine Straße in Sicht kam, hielt der Alte.

»Da vorne ist eine Bushaltestelle, und der Bus müsste gleich kommen. Also steig aus und beeil dich lieber, wenn du deine Wette gewinnen willst.«

»Bis morgen«, sagte Freddie und reichte ihm die Hand.

Der Alte schlug ein.

»Und denk dran, Babys und Windelpupser gelten nicht. Fünf Richtige müssen es sein!«

Von der Bushaltestelle aus war es ein Kinderspiel gewesen. Der Bus war pünktlich gekommen und hatte sogar ganz in der Nähe von Tante Ruths und Onkel Oswalds Haus gehalten. Im Vorgarten lagen Tannenzweige und die untere Hälfte des Baumes, den Onkel Oswald gestern zum Wagen geschleppt hatte. Freddie hatte Tante Ruth schon im Wald gesagt, dass die riesige Tanne niemals in ihr Wohnzimmer passen würde. Aber sie hatte ja nicht auf ihn hören wollen. Nach den abgeschlagenen Ästen und Zweigen zu urteilen, die überall herumlagen, musste selbst das, was von dem Baum übrig geblieben war, noch das gesamte Wohnzimmer ausfüllen.

Als Freddie klingelte, öffnete ihm Kusine Emily.

»Mama ist stinksauer auf dich, weil du heute Früh keine Brötchen geholt hast. Zur Strafe kriegst du kein Frühstück, hat sie gesagt.«

»Danke, ich hab schon gefrühstückt«, antwortete Freddie.

Emily drehte sich um und lief in die Küche. Noch im Flur schrie sie: »Zum Mittag sollte Freddie auch nichts kriegen, er hat schon gefrühstückt!«

Freddie versuchte, unbemerkt die Treppe zu seiner Dachkammer hinaufzuschleichen. Er brauchte jetzt Ruhe, um nachzudenken.

Zum Glück fing die Schule heute erst um zehn an, weil es der letzte Tag vor den Ferien war. Doch noch ehe er den ersten Treppenabsatz erreicht hatte, schoss Tante Ruth aus der Küche.

9.

Ein Loch in der Decke

»Wo sind meine Brötchen?«, rief Tante Ruth. »Und was willst du Nichtsnutz mit dieser kümmerlichen Zwergtanne? Die ist ja ganz dreckig! Voller Erde! Oswald! Der Junge schleppt den halben Wald hier rein!«

»Die ist für mich. Das ist mein Weihnachtsbaum«, antwortete Freddie trotzig.

»Du hast schon einen Baum in deinem Zimmer. Ist ja schließlich Weihnachten.«

»Hat er meine Axt dabei?«, dröhnte Onkel Oswalds Stimme aus der Küche.

Mist, die hatte Freddie im Wald vergessen.

Tante Ruth antwortete für ihn: »Die hat unser dummer kleiner Freddie natürlich verloren.«

»Dann gibt's zum Abendessen auch nix!«, schrie Onkel Oswald durch den Flur.

»Und was ist mit seinem Frühstück morgen?«, hörte Freddie Emily in der Küche fragen.

»Ebenfalls gestrichen!«, brüllte Onkel Oswald.

»Denk dran, noch unsere Schuhe zu putzen, bevor du zur Schule gehst. Die sind ganz matschig von unserem Ausflug gestern!«, rief Tante Ruth ihm nach, als Freddie mit seinem Baum die Treppe hochstürmte, ehe ihr noch etwas anderes einfiel, das er für sie vor der Schule erledigen sollte.

Freddie knallte die Tür hinter sich zu. Er ging zu seinem Bett und stolperte über die Spitze eines Tannenbaumes, der durch ein Loch im Boden in seine Kammer hineinragte. Freddie konnte sich gerade noch an der Türklinke festhalten, sonst wäre er glatt ins Wohnzimmer hinuntergestürzt.

Onkel Oswald musste das Loch gestern Abend in

die Dielen von Freddies Kammer gesägt haben, damit Tante Ruths riesige Weihnachtstanne ins darunterliegende Wohnzimmer passte.

Freddie legte sich flach auf den Boden und spähte durch die runde Öffnung nach unten. Der Baum war mit rosaroten Kugeln und lila Lametta geschmückt, genau wie Tante Ruth es liebte. Er war so riesig, dass außer seinen buschigen Ästen im Wohnzimmer kaum noch Platz für die Möbel blieb. Onkel Oswald hatte den Couchtisch zur Seite räumen müssen, und auch das Sofa stand nun in einer anderen Ecke. In den Baum hatte Onkel Oswald mit einer Heckenschere eine rechteckige Schneise geschnitten, um die Sicht auf den Fernseher frei zu halten. Freddie konnte sich gut vorstellen, wie Kusine Emily getobt hatte, weil der Bildschirm wegen der Riesentanne vom Sofa aus nicht mehr zu sehen gewesen war.

Freddie zwängte sich an der ungeschmückten Tannenspitze vorbei und stellte sein Bäumchen neben dem Bett auf.

Anstelle von bunten Kugeln und anderem Glitzerkram hängte er einfach nur sein Lebkuchenherz an die Spitze der kleinen Tanne, und da sah es sehr schön aus, fand er.

Bis zur Schule hatte er noch etwas Zeit. Freddie

legte sich aufs Bett. Erst jetzt merkte er, wie müde er war. Gestern war es spät geworden. Er und der Alte hatten bis weit in die Nacht zusammengesessen und erzählt, und heute Morgen war er lange vor Sonnenaufgang aufgestanden. Freddie griff nach Emilys altem Adventskalender, der auf einem Pappkoffer neben seinem Bett stand. Hinter dem leeren Türchen mit der 23 grinste ihn ein Weihnachtsmann an. Ausgerechnet ein Weihnachtsmann!

Freddie musste nachdenken. Er brauchte dringend einen wirklich guten Plan, wie er die fünf Richtigen für die Wette finden konnte. Für die Arbeit, die ihm bevorstand, hätte er ruhig auch was für sich selbst als Wettgewinn aushandeln können, ärgerte er sich. Dass der Weihnachtsmann, wenn er es denn wirklich war, seine Pflicht tat, davon hatte er hier bei Onkel Oswald und Tante Ruth herzlich wenig. Letztes Jahr hatte er ihn auch schon vergessen, oder aber Tante Ruth und Onkel Oswald hatten seine Geschenke unterm Tannenbaum einfach auf den riesigen Haufen von Kusine Emily getürmt. Das würde erklären, warum sie letztes Weihnachten einen Experimentierkasten bekommen hatte, obwohl der Freddies sehnlichster Wunsch gewesen war. Emily hatte ihn gleich am nächsten Tag für ein paar Euros an einen Nachbarsjungen verscherbelt.

Freddie zwang sich, keine weiteren Vermutungen anzustellen, sondern sich seinem Plan zu widmen. Er hatte eine Aufgabe, und die musste er erfüllen.

Wen also konnte er fragen, ohne sich völlig zum Idioten zu machen? Ein falsches Wort über den Weihnachtsmann konnte verheerend sein.

»Mama sagt, du sollst jetzt sofort runterkommen und die Schuhe putzen«, quietschte Kusine Emily, die hereingestürmt kam – wie immer, ohne anzuklopfen. Sie ließ sich auf den Boden fallen und spähte durch das Loch nach unten. Dabei löffelte sie warmen Honig aus einem riesigen Kaffeebecher.

»Hier hab ich gestern Abend schon gelegen und spioniert, ob mein Geschenk schon da ist. Ich krieg das Riesen-Puppenhochhaus mit 13 Etagen in Hellpink mit rosa Sternchen, das ich mir gewünscht habe. Weißt du schon, was du kriegst?«

»Nichts, genau wie im letzten Jahr«, murmelte Freddie.

»Hab auch gar nicht gesehen, dass was für dich dabei war.«

Die Zeit lief ihm davon. Freddie beschloss, alles auf eine Karte zu setzen.

»Emily, glaubst du eigentlich an den Weihnachtsmann?«

»Meinst du den im Supermarkt, den mit der Warze auf der Backe, oder den, der immer auf dem Weihnachtsmarkt steht und nach Zwiebeln stinkt?«

»Ich meine den Echten. Ich hab ihn getroffen, ich weiß, wo er wohnt. Er hat eine kleine Hütte und einen Stall für seine Rentiere mitten im Wald.«

Kusine Emily runzelte die Stirn: »Und du erzählst keine Märchen?«

»Willst du ihn sehen? Wenn du an ihn glaubst, bring ich dich morgen hin.«

Kusine Emily legte die Stirn in Falten und blickte Freddie eine Weile nachdenklich an. Dann gluckste sie schrill und sprang auf. Noch auf der Treppe hörte er sie rufen.

»Mama! Papa! Freddie ist jetzt völlig übergeschnappt. Er sagt, er weiß, wo der Weihnachtsmann wohnt.«

Es war ein Fehler gewesen, ausgerechnet Kusine Emily zu fragen.

10.

Ein fliegender Zettel

Freddie schlich sich leise die Treppe hinunter. In der Küche hörte er Tante Ruth und Onkel Oswald, die mit Emily laut über irgendetwas lachten. Es klang wie eine Herde Dromedare, die sich um die letzten Tropfen an einem Wasserloch stritten. Freddie blieb einen Moment stehen und lauschte an der Tür. Gelacht wurde in der Küche jetzt nicht mehr. Es wurde geflüstert.

»Und was ist, wenn er wirklich den Weihnachtsmann getroffen hat? Mit dem Kerl könnte man ein Vermögen verdienen«, sagte Tante Ruth nachdenklich.

»Und wenn er es nicht ist? Wenn der Kerl nur aus einem Irrenhaus geflohen ist?«, fragte Onkel Oswald.

»Selbst dann könnte man so einen Verrückten als Attraktion ans Fernsehen vermieten«, antwortete Tante Ruth.

»Oder ihn ausstellen.«

»Man könnte Eintritt nehmen.«

Freddie hatte genug gehört. Er schnappte sich seinen Ranzen und schlich auf Zehenspitzen durch den Flur. Als er die quietschende Haustür öffnete, wurde es für einen Augenblick ganz still in der Küche.

»Freddie, sei so nett und komm doch mal einen Augenblick zu uns«, hörte er Tante Ruth rufen. Ihre Stimme klang ganz anders als sonst, so freundlich.

Freddie tat so, als hätte er sie nicht gehört. Leise schloss er die Tür hinter sich und machte sich auf den Weg zur Schule.

Als Freddie ankam, war es schon fünf nach zehn. Er war zu spät, aber was spielte das an einem solchen Tag schon für eine Rolle. In der ersten Stunde hatten sie

Herrn Riese. Herr Riese war kaum größer als ein Briefkasten, und die ständigen Witze über seinen Namen hatten ihn zu einem griesgrämigen alten Mann gemacht. Herr Riese unterrichtete Rechnen und selbst am letzten Tag vor den Weihnachtsferien wäre er nie auf die Idee gekommen, eine Kerze anzuzünden, ein paar Lieder zu singen oder Geschichten vorzulesen, statt das Einmaleins zu üben.

Als Freddie in die Klasse kam, murmelte er eine frei erfundene Entschuldigung für seine Verspätung und setzte sich. Vom Weihnachtsmann sagte er nichts. Das würde der Riese nie verstehen. Während der Lehrer weiter Rechenaufgaben an die Tafel schrieb, musterte Freddie seine Klassenkameraden. Wer von denen glaubte wohl noch an den Weihnachtsmann? Tom? Der war zwar nicht der Klügste, aber ziemlich stark, und mit einer dummen Frage konnte man sich bei ihm eine Menge Prügel einhandeln. Paula? Die wiederum war viel zu schlau und glaubte nur, was in ihren Lexika stand. Anne? Anne! Die könnte die Richtige sein. Das Mädchen, das zwei Bänke vor ihm saß, gefiel Freddie schon seit längerer Zeit ganz außerordentlich gut. Es hatte blondes langes Haar, und in ein paar Jahren würde es bestimmt Model werden oder Schauspielerin.

Nach dem Reinfall mit Emily war Freddie klar, dass er vorsichtig vorgehen musste. Ein Brief war gut. Ein Brief war unauffällig, und im Notfall konnte Freddie immer noch behaupten, dass der Zettel eine Fälschung war und er ihn gar nicht geschrieben hatte. Freddie riss eine Seite aus seinem Rechenheft und schrieb:

»Liebe Anne,
glaubst du an den Weihnachtsmann?
Bitte kreuze an
O Ja
O Nein
O Vielleicht
Dein Freddie, der genau weiß,
wo der WM wohnt.«

Als er es noch einmal las, musste Freddie zugeben, dass der Brief schon etwas seltsam wirkte. Andererseits, wenn Anne wirklich das netteste, liebenswürdigste und dazu auch noch schönste Mädchen der ganzen Klasse war, würde sie die Nachricht verstehen. Wenn sie erst einmal mit »Ja« geantwortet hatte, konnte er ihr immer noch alles Weitere genau erklären.

Die Gelegenheit war günstig. Riese stand mit dem Rücken zur Klasse und schrieb Aufgaben an die Tafel. Freddie faltete den Zettel zu einem kleinen Päckchen, holte aus und warf den Brief zu Anne hinüber. Genau in dem Augenblick rief Riese ihn auf: »Freddie, wie viel sind fünf Zimtsterne mal elf Zimtsterne?«

Erschrocken zuckte Freddie zusammen. Sein Wurf ging völlig daneben, und der Zettel landete mitten im Gang. Gut sichtbar für jeden. Auch für Riese, der sich nun umdrehte, um zu sehen, warum Freddie keine Antwort gab. Das kleine Papierpaket lag nur ein paar Meter vor ihm auf dem Boden. Noch ehe Freddie reagieren konnte, stürmte Riese von der Tafel heran und hob den Zettel auf. Langsam, ganz langsam faltete er ihn auseinander. Riese grinste einen Moment und machte eine genussvolle Pause. Freddie wusste genau, was jetzt kommen würde.

»Die Handschrift kenn ich doch, oder, Freddie?«, sagte Riese schadenfroh.

Dann las er den Zettel vor. Es dauerte bis zur großen Pause, ehe sich Riese und der Rest der Klasse von ihrem Lachanfall wieder beruhigt hatten. Alle lachten, bis auf Martha, aber das konnte Freddie nicht sehen, denn sie saß drei Bänke hinter ihm. Das Lachen der anderen störte Freddie nicht, was ihn störte, war Anne. Sie hatte am lautesten von allen gelacht. Seltsam, aber bis jetzt war Freddie nie aufgefallen, was für ein gemeines Lachen sie besaß.

11.

Der erste Richtige

Die Pause war die Hölle.

»Freddie kennt den Weihnachtsmann! Der ihm die Windeln wechseln kann!«, riefen ihm die Kinder nach.

Selbst die aus der ersten Klasse. Die Geschichte mit

dem Zettel hatte sich rasend schnell auf dem ganzen Schulhof herumgesprochen.

Am liebsten hätte Freddie geheult, aber das ging natürlich nicht. Er musste so tun, als ob ihn das Geschrei der anderen völlig kaltließ. Er wusste, wo der Weihnachtsmann wohnte, und damit basta. Wenn diese Blödmänner nicht damit umgehen konnten, war das ihr Problem, nicht seins. Trotzdem tat es höllisch weh. Auch weil Freddie sich gar nicht so sicher war, ob er nicht vor zwei Tagen noch genauso gelacht hätte, wenn ein anderer Junge behauptet hätte, er wüsste, wo der Weihnachtsmann wohnt. Vielleicht machte er sich mit der ganzen Sache ja auch endgültig zum Clown, und der Typ in der Hütte war doch nur ein Spinner. Dann lachte übermorgen nicht nur die Schule, sondern die ganze Stadt, ach was, das ganze Land über ihn.

Freddie wollte aufs Klo. Nicht weil er musste, sondern weil er wenigstens für ein paar Minuten seine Ruhe haben wollte. Auf dem Flur kam ihm Tom entgegen. Freddie drückte sich eng an die Wand. Einen weiteren Spruch konnte er jetzt wirklich nicht gebrauchen. Außerdem war Tom der stärkste Junge der ganzen Schule, und es war schon an normalen Tagen besser, man machte einen großen Bogen um ihn. Aber dazu war es schon zu spät. Tom baute sich direkt vor Freddie auf. Ohne ein Wort zu sagen, nahm er ihn in den Schwitzkasten und zog ihn in eine Ecke. Freddie wehrte sich nicht. Er wusste, jede Gegenwehr wäre reiner Selbstmord gewesen.

»Weißt du wirklich, wo der Weihnachtsmann wohnt?«, fragte Tom.

Freddie nickte – soweit das möglich ist, wenn man in einem Schwitzkasten steckt.

»Und du hast ihn tatsächlich gesehen?«

Wieder versuchte Freddie zu nicken.

»Nicht dass ich an den glaube, falls du das glaubst«, sagte Tom. »Aber wenn du mich zu ihm bringst, dann macht sich hier keiner mehr über dich lustig.«

»Dann lass mich erst mal los«, stöhnte Freddie.

Tom gab Freddie frei.

»Nicht dass du glaubst, ich glaub an den, ich würde ihn nur gern was fragen.«

»Schon klar, nur mal was fragen. Versteh ich schon«, sagte Freddie, der sich den schmerzenden Hals rieb. »Morgen.«

»Was morgen?«, fragte Tom, der immer etwas länger brauchte, ehe er etwas kapierte.

»Morgen bringe ich dich zu ihm, wenn du willst. Wir treffen uns auf der Straße hier vor der Schule. Um neun.«

»Aber wehe, er ist nicht da! Und glaub bloß nicht, ich glaub an den.«

»Er wird da sein. Versprochen.«

»Wehe nicht.« Tom hielt Freddie seine Faust unter die Nase, dann ging er. Nach ein paar Metern drehte er sich noch einmal um.

»Ab jetzt stehst du unter meinem Schutz, aber kein Wort zu irgendwem, verstanden?«

Freddie nickte wieder.

»Und glaub ja nicht, ich glaub an den.«

Dann verschwand Tom endgültig hinter der nächsten Ecke.

So einfach hatte sich Freddie das nicht vorgestellt. Den ersten Richtigen hatte er schon! Auch wenn Tom es nicht zugab, war die Sache klar wie eine frisch geputzte Fensterscheibe: Tom glaubte so fest an den Weihnachtsmann wie Tante Ruth an die Wirkung ihrer Antifaltenmittel.

Dass Freddie ab sofort unter dem Schutz des starken Tom stand, hatte sich auf dem Schulhof genauso schnell verbreitet wie die Weihnachtsmanngeschichte. Wahrscheinlich dachten die anderen, Freddie hätte ihm dafür Geld gegeben. Ihm war es egal, was sie dachten, wichtig war, dass sie ihn in Ruhe ließen. Keines der anderen Kinder wagte es mehr, einen Spruch zu machen, und Tom ließ sich mit keinem Blick anmerken, dass er und Freddie für Heiligabend eine Verabredung hatten.

Als der Schulgong die letzte Stunde beendete, stürmten die Kinder nach draußen. Die Weihnachtsferien hatten begonnen, und morgen warteten auf die meisten von ihnen haufenweise Geschenke unter dem Weihnachtsbaum. Auf Freddie warteten nur Tante Ruth und Onkel Oswald. Er ließ sich Zeit, seine Sachen zusammenzupacken, dann ging er langsam über den Schulhof. Einen Plan hatte er immer noch nicht, aber dafür den ersten Richtigen, und der war wahrscheinlich der Einzige in seiner ganzen Schule, der noch an den Weihnachtsmann glaubte. Ausgerechnet Tom, wer hätte das gedacht? Freddie musste grinsen.

»Freddie, warte mal.«

Freddie drehte sich um. Hinter ihm kam die alte Frau Nöll über den Schulhof gerannt. Freddie hatte sie in den ersten zwei Klassen als Lehrerin gehabt. Sie war zwar schon uralt, mindestens 50, aber sie war schwer in Ordnung und ganz anders als der Riese.

12.

Ein Fernsehauftritt

»Hallo, Freddie«, sagte Frau Nöll, als sie ihn erreicht hatte. »Ich hab gehört, was der Riese heute gemacht hat. Mach dir nichts draus. Riese ist ein Vollidiot.«

Freddie starrte seine alte Lehrerin an, als hätte sie behauptet, Riese sei ein Außerirdischer. Nie hätte er gedacht, dass ein Lehrer einen anderen Lehrer Vollidiot nennen würde.

»Guck mich nicht so überrascht an, das weißt du doch selbst. Und wenn du noch an den Weihnachtsmann glaubst, ist das völlig in Ordnung. Hör nicht auf die anderen.«

»Aber ich glaub doch gar nicht …«

»Ob oder ob nicht, das ist ganz allein deine Sache. Weißt du, viele Jahre lang habe ich geglaubt, dass das Erdbeeraroma im Joghurt tatsächlich aus Erdbeeren gemacht wird.«

»Wird es das denn nicht?«, fragte Freddie verdutzt.

»Nein, sie machen das Aroma aus Sägespänen. Frag mich nicht, wie, aber sie kriegen es irgendwie hin. Für alle Joghurts dieser Welt würden die echten Erdbeeren gar nicht ausreichen.«

Freddie hatte keine Ahnung, worauf die alte Nöll hinauswollte.

»Früher, als ich das noch nicht wusste, hat mir der Joghurt besser geschmeckt. Und weißt du was? Mit dem Weihnachtsmann ist es genau das Gleiche. Schöne Weihnachten wünsch ich dir, Freddie.«

Frau Nöll strich ihm über den Kopf und ging durch das Tor zum Fahrradständer, wo sie ihr Rennrad abgeschlossen hatte. Sie schwang sich auf den Sattel und radelte davon. Freddie sah ihr lange nach, ehe er sich auf den Weg zum Bus machte.

Freddie war der einzige Fahrgast. Alle anderen Kinder waren schon lange weg, und die Erwachsenen wollten nicht raus, sondern rein in die Stadt, um die letzten Besorgungen zu erledigen.

»Na, freust du dich schon auf Weihnachten?«, fragte der Fahrer, als Freddie einstieg.

»Klar freu ich mich, wie verrückt freu ich mich«, antwortete Freddie. Nicht weil er das wirklich tat, sondern weil er freundlich sein wollte. Der Mann sah nett aus, und warum sollte er ihm mit seinen Problemen die Festtagsstimmung vermiesen? Freddie ging den Gang bis nach hinten durch und ließ sich auf einen Sitz in der letzten Bankreihe fallen. Er wollte die Fahrzeit nutzen, um endlich an seinem Plan zu arbeiten.

Wie gefährlich es war, die Menschen direkt anzusprechen, hatte er heute zweimal erfahren müssen. Erst bei Emily und dann bei Anne. Andererseits hatte es ihm immerhin zu seinem ersten Richtigen verholfen. Wie aber sollte er nun weitermachen?

Er könnte eine Anzeige in der Zeitung schalten.

»Glaubst du an den Weihnachtsmann?
Dann komm am 24. Dezember um 9 Uhr
zur Grundschule Mainzer Straße.
Tolle Überraschung garantiert.«

Das könnte klappen. Allerdings würde die Anzeige erst morgen erscheinen. Bis die Leute das gelesen hatten, war es längst zu spät. Außerdem hatte er mal gehört, dass Entführer oder andere Verbrecher oft solche Anzeigen schalten, um verschlüsselte Botschaften zu übermitteln. Bei seinem Glück wartete morgen Früh eine Sondereinheit der Polizei vor der Schule auf ihn, um ihn zu verhaften. Im Bus war es angenehm warm, und Freddie spürte plötzlich, wie müde er nach der langen Nacht mit dem Alten noch immer war.

Der beste Weg, in kurzer Zeit viele Menschen zu erreichen, überlegte Freddie weiter, war das Fernsehen. Das sah fast jeder, und unter den Millionen von Zuschauern gab es bestimmt vier, die noch an den Weihnachtsmann glaubten. Aber wie kam man so schnell in die Nachrichten? Er könnte den Bus entführen. Aber das machte auch keinen Sinn, weil er der einzige Fahrgast war. Freddies Kopf wurde immer schwerer. Seine Stirn sank langsam gegen die Scheibe. Kurz danach war er eingeschlafen.

Freddie träumte von einem Fernsehstudio. Vor dem Publikum und den Kameras stand ein Moderator in einem hellroten Anzug. Zuerst konnte Freddie nicht verstehen, was er sagte, aber dann hörte er es ganz deutlich: »Begrüßen Sie mit mir den kleinen Freddie, der genau weiß, wo der Weihnachtsmann wohnt.«

Das Publikum schrie und klatschte wie verrückt. Eine Frau mit einem Kopfhörer über den Ohren schubste Freddie ins Licht der Scheinwerfer. Freddie war völlig geblendet und stolperte über ein Kamerakabel. Der Moderator kam auf ihn zu und half ihm wieder auf die Beine. »Na, mein Junge, da unten wohnt er ja wohl nicht, oder?«

Das Publikum grölte noch lauter. Erst jetzt bemerkte Freddie, dass auch der Riese und seine ganze Klasse im Publikum saßen, und in der ersten Reihe entdeckte er Kusine Emily, Onkel Oswald und Tante Ruth, die sich vor Lachen den Bauch halten mussten.

»Unser Freddie hier hat uns angerufen, weil er unsere Hilfe braucht, nicht wahr?«

Der Moderator lächelte Freddie scheinheilig an und hielt ihm ein Mikrofon hin.

»Stimmt«, krächzte Freddie, der die Idee mit dem Fernsehen inzwischen gar nicht mehr so gut fand.

»Dann erzähl doch den Leuten mal, wie sie dir helfen können«, sagte der Moderator und grinste verschwörerisch ins Publikum.

»Wenn ich bis morgen nicht fünf Menschen finde, die an den Weihnachtsmann glauben, kommt er dieses Jahr nicht. Zu keinem von euch. Er hat nämlich keine Lust mehr. Babys und Windelpupser zählen nicht.«

»Wunderbar, ganz wunderbar. Also, wer glaubt noch an den Weihnachtsmann? Bitte melden!« Der Moderator blickte erwartungsvoll ins Publikum.

Alle Hände gingen nach oben. Die Leute machten sich über ihn lustig, keine Frage.

»Aber ich weiß wirklich, wo der Weihnachtsmann wohnt. Ich hab sogar mit ihm gefrühstückt. Es gab Fleischbällchen und Schokocreme und …«

»Klar hast du das, Junge, aber ich glaube, du musst hier raus, oder?«

»Ich verlasse das Studio erst, wenn ich meine fünf Richtigen hab!«, rief Freddie.

»Was denn für ein Studio? Das hier ist doch kein Studio, das ist nur mein Bus.«

13.

Die lieben Verwandten

Freddie schlug die Augen auf. Der Busfahrer hatte sich über ihn gebeugt.

»Du wohnst doch hier, oder?«

Freddie sah aus dem Fenster. Der Bus hielt direkt vor Tante Ruths und Onkel Oswalds Haus.

»Ich dachte, da du eh mein einziger Fahrgast bist,

bring ich dich gleich nach Hause. Erinnerst du dich nicht, ich hab dich heute Morgen schon gefahren. Alles in Ordnung mit dir?«

»Ja, danke. Ich hab nur geträumt …«

»Hab ich gehört. Vom Weihnachtsmann.«

Freddie schnappte sich seine Schultasche und stieg schnell aus. Als er schon auf der Straße stand, drehte er sich noch einmal um.

»Danke.«

»Dafür nicht. Gesegnete Weihnachten wünsch ich dir. Und dass dir der Weihnachtsmann viele Geschenke bringt.«

Der Busfahrer grinste. Gar nicht hämisch, sondern nett. Dann winkte er. Freddie winkte zurück. Der Mann hatte ja keine Ahnung.

Wieder war es Kusine Emily, die auf sein Klingeln öffnete.

»Da bist du ja endlich. In deinem Zimmer wartet Besuch. Aber vorher wollen Mama und Papa noch mit dir reden. Es ist wichtig!« Kusine Emily zog ihn am Ärmel ins Wohnzimmer.

Freddie fragte sich, wer ihn wohl besuchen kam.

Was Tante Ruth und Onkel Oswald von ihm wollten, konnte er sich nach dem belauschten Gespräch heute Morgen denken. Entweder das, oder es gab eine ordentliche Abreibung, weil er die Schuhe nicht geputzt hatte.

Onkel Oswald und Tante Ruth saßen mit angezogenen Beinen auf dem Sofa. Hätten sie sie ausgestreckt, wären sie an die spitzen Nadeln der Riesentanne gestoßen, die noch immer das gesamte Zimmer ausfüllte. Tante Ruth und Onkel Oswald rutschten zur Seite, sodass auf dem Sofa ein Platz zwischen ihnen frei wurde.

»Setz dich, lieber Freddie, setz dich zu uns und mach es dir bequem«, sagte Tante Ruth und klopfte einladend mit der Hand auf das Polster.

Freddie hockte sich zwischen die beiden und versuchte, dabei durch das Loch in der Decke zu spähen. Mit etwas Glück konnte er vielleicht erkennen, wer da in seinem Zimmer auf ihn wartete. Vielleicht war es Anne, die sich bei ihm dafür entschuldigen wollte, dass sie ihn ausgelacht hatte. Ganz sicher war sie es, wer sollte es sonst sein?

»Emily hat uns erzählt, du weißt, wo der Weihnachtsmann wohnt. Stimmt das?«, flötete Tante Ruth.

»Klar weiß ich das«, antwortete Freddie, der dort oben immer noch niemanden entdecken konnte.

»Verrätst du uns, wo?«, mischte sich Onkel Oswald ein und stopfte Freddie eine Marzipankartoffel in den

Mund. »Du hast doch bestimmt eine Menge Wünsche zu Weihnachten. Du brauchst es uns nur zu sagen.«

»Es ist ganz in der Nähe, wo ihr mich im Wald zurückgelassen habt«, nuschelte Freddie mit vollem Mund und passte höllisch auf, nur nicht zu viel zu verraten.

»Aber Freddie, wir haben dich doch nicht zurückgelassen. Das war doch alles nur ein ganz dummes Versehen«, tirilierte Tante Ruth. »Also was ist, verrätst du es deiner lieben Tante etwas genauer?«

»Erst würde ich gern meinen Besuch begrüßen.«

»So ein gut erzogener Junge, unser Freddie. Natürlich kannst du das. Sie ist übrigens ganz reizend.« Onkel Oswald zwinkerte schmierig.

14.

Besuch für Freddie

Freddie war sich mittlerweile sicher, dass Anne in seinem Zimmer auf ihn wartete. Und so gemein war ihr Lachen nun auch wieder nicht gewesen.

»Aber nachdem du deinen Besuch begrüßt hast, sagst du uns, wo der Weihnachtsmann wohnt, versprochen?«, drängte Tante Ruth.

»Erst mal geh ich rauf. Ich will ja nicht unhöflich sein«, wich Freddie aus.

»Nein, das sollst du nicht. Wir warten einfach hier unten im Flur, bis du wieder runterkommst«, sagte Onkel Oswald. Als Freddie aufstand, gab ihm Tante Ruth einen feuchten Kuss auf die Wange. Das hatte sie noch nie getan.

Freddie rannte schnell aus dem Zimmer und die Treppe hoch. Aber als er oben ankam und die Tür aufriss, war es gar nicht Anne, die da auf ihn wartete. Es war Martha, die in der Schule drei Bänke hinter ihm saß und nicht über ihn gelacht hatte. Aber das hatte er ja nicht sehen können.

»Was willst du denn hier?«, fragte Freddie verdutzt.

»Ich hab alles mitgehört.« Martha zeigte auf das Loch im Boden. »Du weißt also wirklich, wo der Weihnachtsmann wohnt?«

»Warum willst du das wissen? Hast du noch nicht genug gelacht?«

»Ich hab nicht gelacht.«

»Alle haben gelacht.«

»Ich nicht, weil ich, weil ich …«, Martha stotterte. »Hast du ihn nun gesehen oder nicht?«

Freddie nickte.

»Wenn du das sagst, dann stimmt das auch. Ich glaub dir.«

Freddie musste sich setzen.

»Aber warum?«

»Weiß nicht, nur so ein Gefühl«, sagte Martha und setzte sich neben ihn. »Ein schönes.«

»Ein schönes?«

Martha nickte. »Außerdem hab ich letztes Jahr kurz vor der Bescherung durchs Schlüsselloch geguckt, und da standen plötzlich zwei Weihnachtsmänner vor dem Tannenbaum. Der eine war mein Vater, der verkleidet sich jedes Jahr, um uns eine Freude zu machen, aber den anderen hatte ich noch nie gesehen. Mein Vater, glaube ich, auch nicht, der sah ziemlich überrascht aus. Er hat den ganzen Abend keinen Tropfen Wein mehr angerührt, und ich habe mich den ganzen Abend gefragt, wer der zweite Mann im Wohnzimmer war.«

»Du meinst, der andere war der echte Weihnachtsmann?«

»Glaub schon. Wer sonst?«

Statt auf Marthas Frage zu antworten, erzählte Freddie ihr einfach alles, was er seit seinem Ausflug in den Wald erlebt hatte.

»Mit Tom und mir wären es zwei. Fehlen noch drei«,

sagte Martha, als Freddie mit seiner Erzählung fertig war.

»Aber wie sollen wir die finden?«, fragte Freddie ratlos.

»Keine Ahnung.« Martha schaute auf die Uhr. »Ich muss los und meinen kleinen Bruder vom Weihnachtsmarkt abholen. Der tritt da als Wichtel auf in so einem Weihnachtsspiel.«

»Psst!« Freddie hatte ein Rascheln an der Tür gehört. Er gab Martha ein Zeichen, ganz still zu sein. Dann schlich er sich zu seinem alten Pappkoffer, in dem er seine wenigen Schätze aufbewahrte, und holte eine Wasserpistole heraus. Sie war immer geladen. Man konnte ja nie wissen, wann man sie brauchen würde. Freddie pirschte sich zur Tür, zielte und schoss einen Strahl Wasser genau durch das Schlüsselloch. Von der anderen Seite antwortete ihm ein lautes Kreischen. Dann hörten sie, wie Emily schreiend die Treppe runterrannte.

»Mama, Papa! Freddie hat mich nass gespritzt.«

»Stell dich nicht so an, ist doch nur Wasser«, polterte Onkel Oswald los, und Tante Ruth zischte: »Wir brauchen Freddie, sonst finden wir diesen Kerl nie in diesem riesigen Wald. Also reiß dich zusammen, Emily.«

Kusine Emily fing an, laut zu heulen.

»Über die Treppe kommen wir hier nicht raus. Wir müssen einen anderen Weg finden«, flüsterte Freddie und blickte auf die Öffnung im Fußboden.

Martha schien dasselbe zu denken. Auch sie musterte die Tannenbaumspitze, die in Freddies Kammer hineinragte.

»Traust du dich?«, fragte Freddie.

»Klar trau ich mich«, antwortete Martha.

Gemeinsam traten sie dicht an das Loch heran. Martha nahm Freddies Hand, und auf ein Zeichen von Freddie sprangen sie los. Mitten in den Baum.

Die Äste gaben nach, und so rutschten die zwei weich gefedert nach unten auf den Wohnzimmerfußboden. Als sie gelandet waren, half Freddie Martha wieder auf die Beine und riss dann schnell die Tür zum Garten auf.

Ein paar Sekunden später stürmten Onkel Oswald, Tante Ruth und Kusine Emily ins Wohnzimmer. Zu spät. Die beiden Kinder waren längst verschwunden. Alles, was sie fanden, waren die Scherben der rosaroten Weihnachtskugeln und die zerfetzten Reste des lila Lamettas, die überall im Zimmer verstreut lagen.

Tante Ruth fiel vor Schreck einfach um und erwachte erst wieder, als Kusine Emily ihr leise ins Ohr flüsterte: »Ich weiß, wo sie hin sind.«

Marthas kleiner Bruder hieß Max und war erst dreieinhalb. Als Martha und Freddie auf dem Weihnachtsmarkt ankamen, führte er auf einer kleinen Bühne gerade mit den anderen Kindern einen Weihnachtswichtel-Tanz vor. Dabei stolperte Max über den Fuß eines anderen Wichtels und fiel hart auf den Po.

»Hoffentlich hat er sich nicht wehgetan«, sagte Freddie.

»Das macht dem nichts aus. Der fällt weich, der trägt noch Windeln«, erklärte Martha.

»Dann zählt er nicht«, sagte Freddie.

»Ja, leider«, antwortete Martha.

15.

Die falsche Fährte

Freddie und Martha sahen sich den Wichteltanz zu Ende an. Freddie nutzte die Zeit, um aus Marthas roten Haaren die Reste des lila Lamettas zu sammeln, das sich dort bei ihrem Abflug verfangen hatte. Sie hatte sehr schöne Haare, fand Freddie. In der Klasse war ihm das vorher nie aufgefallen.

Als der Tanz zu Ende war, kam Max in seinem Wichtelkostüm auf Martha zugerannt.

»Wie war ich? Und wer ist das? Ist das Freddie? Ist das der tolle Freddie, von dem du immer erzählst?«

»Halt die Klappe!«, fuhr Martha ihren Bruder an und wurde knallrot. Freddie auch, obwohl er gar keinen Grund dafür hatte.

»Bist du in den verliebt?«, nervte Max weiter.

»Ich hab gesagt, du sollst die Klappe halten. Wir haben etwas Wichtiges zu erledigen. Wir müssen jemanden suchen«, sagte Martha.

»Wen sucht ihr denn?«, fragte Max.

»Kannst du ein Geheimnis für dich bewahren?«, mischte sich Freddie ein.

Martha machte Freddie ein Zeichen, dass er drauf und dran war, schon wieder einen schweren Fehler zu begehen.

»Klar kann ich. Ich kann stumm sein wie ein Schmalfisch«, antwortete Max.

»Das heißt Walfisch. Es gibt keine Schmalfische«, stöhnte Martha.

»Ich meine aber einen Schmalfisch, einen ganz schmalen Fisch, einen der so schmal ist, dass er …«

»Hör zu«, unterbrach ihn Freddie. »Wir suchen drei Leute, die noch an den Weihnachtsmann glauben. Und wenn du niemandem etwas verrätst, darfst du uns helfen.«

»Ich«, sagte Max.

»Was ich?«, fragte Freddie.

»Ich! Ich glaub an den Weihnachtsmann.«

»Aber du zählst nicht, du trägst noch Windeln.« Martha verdrehte die Augen.

»Tu ich nicht!«

»Tust du doch.«

»Aber nur noch manchmal!«

»Windeln sind Windeln.«

Max schwieg beleidigt.

»Und wie finden wir jetzt die drei restlichen Richtigen?«, fragte Martha.

»Einen besseren Ort als so einen Weihnachtsmarkt gibt es doch gar nicht. Jedenfalls nicht, wenn man nach jemandem sucht, der noch an den Weihnachtsmann glaubt«, sagte Freddie.

»Sollen wir die jetzt alle fragen?« Martha sah sich unter den Besuchern um. Die meisten von ihnen hatten eine Bratwurst oder Reibekuchen in der Hand und sahen nicht sehr weihnachtsmanngläubig aus.

»Warum nicht? Ich nehme die rechte Seite, und du die …« Weiter kam Freddie nicht. Eine Hand legte sich von hinten schwer auf seine Schulter.

»Warum fragt ihr nicht einfach uns?«

Als Freddie sich langsam umdrehte, standen Onkel Oswald und Tante Ruth dicht hinter ihm und sie sahen überhaupt nicht mehr so freundlich aus, wie noch vorhin auf dem Sofa.

»Raus mit der Sprache, wo ist der Kerl? Und keine Tricks!«, schnauzte ihn Tante Ruth an.

Für einen kurzen Moment dachte Freddie, alles wäre aus. Aber dann kam ihm eine Idee. Eine fantastische Idee.

»Ich bin mit ihm verabredet. Er muss gleich kommen«, sagte Freddie.

Martha und Max sahen ihn erstaunt an. Auch wenn Martha nicht genau verstand, was Freddie plante, wusste sie, dass er Hilfe brauchte.

»Genau, er muss jeden Moment kommen. Wir warten hier auf ihn.«

»Toll, der Weihnachtsmann kommt hierher«, freute sich Max und klatschte in die Hände. »Wieso habt ihr das nicht erzählt?«

»Es sollte eine Überraschung sein«, antwortete Freddie und warf Martha einen dankbaren Blick zu.

»Dann werden wir hier eben gemeinsam auf ihn warten«, sagte Onkel Oswald, der einen groben Strick über der Schulter trug.

Im Gewühl des Weihnachtsmarktes tauchte ein paar Meter vor ihnen ein Mann mit einem roten Mantel, einem langen weißen Bart und einem braunen Jutesack auf dem Rücken auf. Freddie winkte ihm zu, und der Mann winkte freundlich zurück.

»Das ist er. Das ist der echte Weihnachtsmann. Ihr habt gewonnen«, sagte Freddie mit zitternder Stimme. »Aber tut ihm nicht weh, bitte.«

»Braver Junge«, sagte Tante Ruth und kniff ihm derb in die Wange. Dann wandte sie sich an Onkel Oswald. »Komm, den schnappen wir uns.«

Die beiden stürzten auf den Weihnachtsmann los und ließen die Kinder einfach stehen.

»Toller Trick.« Martha klopfte Freddie anerkennend auf die Schulter.

»Ich war sicher, dass er zurückwinkt. Ist schließlich sein Job, nett zu Kindern zu sein. Trotzdem besser, wir verschwinden«, erwiderte Freddie.

»Aber da ist doch der Weihnachtsmann. Ich will zum Weihnachtsmann!«, schrie Max.

»Das ist nicht der Weihnachtsmann, du Hohlkopf. Das ist nur ein Student oder so was, und jetzt komm endlich«, sagte Martha.

Als sich Freddie noch einmal umdrehte, lag der falsche Weihnachtsmann schon auf dem Boden. Tante

Ruth hatte sich auf seine Brust gesetzt, damit Onkel Oswald ihm mit dem Strick die Arme und Beine fesseln konnte. Der Mann schrie um Hilfe, aber das kümmerte Tante Ruth nicht.

Besorgten Passanten erklärte Onkel Oswald, sie seien von der Weihnachtsmarktpolizei und dieser Mann sei ein falscher Weihnachtsmann, der keine Lizenz zum Schenken besäße. Außerdem gebe es hier rein gar nichts zu sehen, und die Leute sollten bitte weitergehen und sie ihre Arbeit machen lassen.

Um den schreienden Weihnachtsmann endlich zum Schweigen zu bringen, versuchte Tante Ruth, ihn mit seinem langen weißen Bart zu knebeln. Als sie fest zugriff, um ihm die weißen Haare in den Mund zu stopfen, hielt sie einen Haufen Watte in der Hand.

16.

Auf der Flucht

Für einen Moment starrte Tante Ruth irritiert auf den falschen Bart, dann brüllte sie: »Das ist nicht der Echte. Freddie hat uns belogen!« Tante Ruth schäumte vor Wut.

Onkel Oswald sprang auf und blickte sich suchend um. »Da vorne sind sie, ich sehe sie noch!«

Tante Ruth und Onkel Oswald ließen den gefesselten Weihnachtsmann liegen und stürzten den Kindern hinterher. Martha sah sie zuerst.

»Achtung, da sind sie wieder!«

Freddie, Martha und Max versuchten, im Gedränge des Weihnachtsmarktes zu entkommen, aber Onkel Oswald und Tante Ruth ließen sich einfach nicht abschütteln. Als sie um eine Ecke gebogen waren, blieb Martha plötzlich stehen.

»Wartet hier. Ich komm gleich nach«, sagte sie und drehte um. Sie lief Tante Ruth und Onkel Oswald direkt entgegen.

»Komm zurück!«, rief Max ihr nach, aber Martha dachte nicht daran.

Freddie und Max sahen atemlos zu, wie sie eine Lichterkette von einer der Buden löste und die Schnur in Knöchelhöhe quer über den Weg spannte, als auch schon Onkel Oswald und Tante Ruth um die Ecke geschossen kamen.

»Jetzt haben wir dich, Freddie! Zerquetsch ihn zu Quittenmus, Oswald!«, schrie Tante Ruth, als sie nur noch wenige Meter entfernt waren.

Das hätte Onkel Oswald bestimmt auch gerne getan, wenn er und Tante Ruth nicht genau in diesem Augenblick über die Lichterkette gestolpert wären. Im hohen Bogen flogen die beiden in eine Bude, in der Weihnachtsbaumkugeln und Krippenfiguren verkauft wurden. Onkel Oswald landete mitten in einem kleinen Stall aus Birkenrinde, in dem er einige Schafe, einen Ochsen, eine Gruppe Hirten und das Jesuskind unter sich begrub. Tante Ruth segelte mitten in eine Pyramide aus goldenen Kugeln, die in tausend Scherben zersprangen.

»Wow, sind die geflogen«, staunte Max, der sich kaum losreißen konnte vom Anblick Tante Ruths und Onkel Oswalds, die kopfüber in der Weihnachtsdekoration steckten. Martha packte Max an der Hand und zog ihn hinter sich her.

»Das hast du toll gemacht«, lobte Freddie, als sie zusammen keuchend zum Ausgang des Weihnachtsmarktes rannten. Martha wurde ganz rot.

»Aber wohin jetzt?«, fragte sie.

»Wir nehmen den Bus. Da vorne steht einer.«

Freddie zeigte zu der Haltestelle vor ihnen, an der ein leerer Bus wartete. Als er sich umschaute, sah er, dass sich Onkel Oswald und Tante Ruth aus der Bude befreit und die Verfolgung wieder aufgenommen hatten.

»Los, schnell rein da«, sagte Martha und stieß Max in den Bus.

»Geben Sie schon Gas! Es geht um Leben und

Tod!«, rief Freddie dem Fahrer zu, als er hinterhersprang.

»Du schon wieder?« Es war derselbe Fahrer, der Freddie nach Hause gebracht hatte.

»Bitte, bitte fahren Sie doch endlich«, flehte Martha.

»Was ist denn überhaupt los?«, fragte der Busfahrer.

Aber da sah er es schon selbst. Onkel Oswald und Tante Ruth kamen auf den Bus zugestürmt – verfolgt von einem Fremden, der wütend eine zerbrochene Krippenfigur hochhielt. Alle drei sahen sehr zornig aus.

»Ich sehe schon, hier brennt wirklich der Tannenbaum«, sagte der Fahrer seelenruhig und drückte einen roten Knopf am Armaturenbrett. Die Türen schlossen sich genau in dem Moment, als ihre Verfolger den Bus erreichten. Die Kinder sahen, wie sie schimpfend ihre dicken Nasen an der Scheibe platt drückten.

Dann gab der Fahrer Gas, und der dreckiggraue Schneematsch, den die Reifen aufwirbelten, landete mitten in den langen Gesichtern von Tante Ruth und Onkel Oswald.

»Ich bin übrigens Vladimir«, sagte der Fahrer und drehte sich zu den Kindern um, die direkt hinter ihm in der ersten Sitzreihe saßen.

»Ich bin Freddie, und das sind Martha und ihr Bruder Max. Aber könnten Sie jetzt bitte wieder nach vorne auf die Straße schauen?« Freddie war nicht wohl dabei, dass Vladimir sich ständig zu ihnen umdrehte, obwohl er mit siebzig Sachen durch die Straßen heizte.

Martha sah durch die Rückscheibe nach hinten. »Sie können jetzt ruhig auch etwas langsamer fahren. Wir werden nicht mehr verfolgt.«

Vladimir hörte nicht auf sie. Er raste weiter, drehte sich dabei immer wieder zu den Kindern um und umkurvte gleichzeitig einen Lieferwagen, der auf der Straße parkte und Weihnachtsbäume auslud. Freddie wurde vor Angst erst blass, dann grün im Gesicht.

»Ich glaub, ihr solltet mir langsam mal was erklären«, sagte Vladimir. »Wer waren diese seltsamen Typen, die euch verfolgt haben? Kinderhändler? Oder habt ihr auf dem Markt Zuckerwatte geklaut?«

Freddie war von der wilden Fahrt so schlecht, dass er gar nichts erklären konnte. Schon gar nicht so etwas Schwieriges, wie die Sache mit dem Weihnachtsmann. Martha sah Freddie fragend an: Sollten sie es ihm erzählen? Freddie nickte nur. Was hatten sie schon zu verlieren? Abgesehen von seinem Fahrstil schien der Mann ganz in Ordnung zu sein. Schließlich hatte er sie gerettet, ohne viel zu fragen. Martha erzählte ihm die ganze Geschichte.

»… und dann hat Freddie den Weihnachtsmann im Wald getroffen und ihm die Wette mit den fünf Richtigen vorgeschlagen.«

17.

Ein neuer Freund

Vladimir trat volles Pedal in die Bremsen. So plötzlich, dass die Kinder gegen die Polster vor ihnen geschleudert wurden. Hinter ihnen hupten empörte Autofahrer, die um ein Haar auf den Bus aufgefahren wären.

»Sag das noch mal, Mädchen!«

»Er hat ihm eine Wette vorgeschlagen«, wiederholte Martha, die vorsichtig eine Beule auf ihrer Stirn betastete.

»Nicht das, das vorher, das mit dem Weihnachtsmann«, sagte Vladimir. »Du hast ihn also wirklich gesehen?«

Vladimir sah Freddie jetzt direkt in sein käseweißes Gesicht.

»Hab ich. Im Wald. Wir haben zusammen gefrühstückt«, stotterte er.

Vladimir trommelte vor Begeisterung auf seine Hupe. Von hinten antworteten ihm die Wagen, die sich in der engen Straße stauten, weil der Bus ihnen die Fahrbahn versperrte.

»Das ist ein Ding. Wisst ihr, was das bedeutet?«

Die Kinder sahen Vladimir ratlos an.

»Menschenskinder, das heißt, dass es ihn gibt. In echt. Ich habe es gewusst. All die Jahre habe ich es gewusst.«

»Das weiß doch jeder«, rief Max dazwischen.

»Manchmal vergisst man Dinge, wenn man älter wird, Kleiner«, sagte Vladimir. »Ich hatte es schon fast vergessen. Als ich ein kleiner Junge war, habe ich versucht, ihn zu sehen. Aber es hat nie geklappt, und jetzt kommt Freddie und erzählt, er hat sogar mit ihm gefrühstückt. Mann, ich könnte glatt neidisch werden.«

Martha und Freddie sahen sich an und grinsten. Dann sagte Martha: »Sie könnten ihn auch sehen.«

»Machst du Witze?«

»Nein, wir meinen es ernst«, sagte Freddie. »Morgen Früh gehen wir ihn besuchen. Sie sind herzlich eingeladen, uns zu begleiten. Ich meine, natürlich nur, wenn Sie wollen.«

Vladimir runzelte die Stirn, dann lachte er.

»Fast wäre ich auf euch reingefallen. Ihr nehmt mich doch nur auf den Arm.«

»Nein, es ist wahr. Sie würden allen, die noch an den Weihnachtsmann glauben, einen Riesengefallen tun, wenn Sie mitkämen. Sie haben doch gehört, wir brauchen fünf Richtige«, sagte Freddie.

»Ich bin ein erwachsener Mann, was soll ich noch beim Weihnachtsmann? Du kommst zu spät, Junge. Vor vierzig Jahren, da hätte ich alles dafür gegeben, ihn zu sehen, aber jetzt …«

»Für den Weihnachtsmann ist es nie zu spät.« Freddie ließ nicht locker. »Außerdem brauchen wir doch einen Fahrer!«

»Dann ruft euch ein Taxi«, antwortete Vladimir.

»Das nehme ich Ihnen nicht ab. So, wie Sie sich vorhin gefreut haben, glauben Sie immer noch an ihn. Das sehe ich Ihnen doch an. Sie sind nur zu feige, es zuzugeben.« Freddie war jetzt richtig in Fahrt.

»Ich bin nicht feige!«

»Natürlich sind Sie das. Genau wie die anderen Erwachsenen. Von denen traut sich nie jemand zuzugeben, dass er an irgendetwas glaubt. Schon gar nicht an den Weihnachtsmann. Entweder man glaubt, oder man glaubt nicht an ihn. Aber zu glauben und es nicht zuzugeben, das ist feige!«

»Hey, mach mal langsam, Junge.« Vladimir hob abwehrend die Hände.

»Ist doch wahr.« Vor lauter Wut gab Freddie dem Polster vor ihm einen ordentlichen Tritt.

»Der Bus kann nichts dafür«, sagte Vladimir. »Ich komm ja schon mit. Als euer Fahrer.«

»Nicht nur als Fahrer«, mischte sich Martha ein.

»Genau, sondern als einer der fünf Richtigen«, ergänzte Freddie, der sich langsam wieder beruhigte.

Vladimir zögerte einen Moment. »Okay, ich bin dabei. Zufrieden? Aber wehe, ihr verratet das irgendwem.«

»Ehrensache.« Freddie nickte zufrieden, und Max rief: »Sehen Sie, hat doch gar nicht wehgetan.«

»Es gibt nur ein Problem«, erklärte Freddie. »Wir müssen noch meinen Wetteinsatz abholen. Den habe ich nämlich bei meinem Onkel und meiner Tante vergessen.«

»Es gibt keine Probleme, nur Lösungen«, erwiderte Vladimir gelassen.

»Wie bei zwei plus zwei?«, fragte Max.

»Genau«, antwortete Vladimir und knuffte Max sanft in die Schulter.

»Dann wissen Sie ja vielleicht auch, wo wir die restlichen Richtigen herkriegen«, sagte Martha.

»Da fällt mir schon noch was ein. Alles, was ich brauche, ist ein guter Plan.« Freddie musste schreien, weil das Hupen hinter ihnen jetzt so laut war, dass ihn sonst keiner verstanden hätte.

»Wir sollten besser weiterfahren. Aber vielleicht nicht ganz so schnell wie vorhin, geht das?«, fragte Martha.

Der Busfahrer legte den Gang ein und schlich mit dem Bus so langsam die Straße hinunter, dass das Gehupe hinter ihnen noch lauter wurde.

Vladimir parkte den Bus in einer Seitenstraße, nicht weit vom Haus von Tante Ruth und Onkel Oswald entfernt. Es war mittlerweile schon dunkel geworden. Martha und Max waren nach Hause gegangen, damit ihre Eltern sie nicht als vermisst meldeten und die

Polizei alarmierten. Martha hatte versprochen, pünktlich um neun vor der Schule auf sie zu warten. Mit Max. Es wäre sowieso aussichtslos gewesen, ihren kleinen Bruder zu Hause lassen zu wollen. Er hätte alles verraten, und Marthas Eltern hätten nie zugelassen, dass ihre Tochter am Heiligabend noch einen Ausflug in den Wald unternahm. Und wer weiß, wozu man ihn noch brauchen konnte. Zum Abschied hatte Martha Freddie einen Kuss auf die Wange gegeben, und Max hatte gerufen: »Liebespaar küsst euch mal!«

»Sei still!«, hatte Martha ihren Bruder angefahren und sich bemüht, Freddie dabei nicht anzusehen. Freddie hatte so getan, als hätte er es gar nicht gehört. Dabei hatte er es ganz genau gehört.

18.

Der Einbruch

Freddie und Vladimir saßen allein im Bus. Sie warteten, bis Tante Ruth und Onkel Oswald im Bett waren und sie unbemerkt das Lebkuchenherz holen konnten. Vladimir hatte entschieden, dass Freddie nach alldem, was geschehen war, auf keinen Fall heute Nacht zurück nach Hause konnte, und ihm vorgeschlagen, doch einfach bei ihm im Bus zu übernachten.

»Wozu brauche ich eine Wohnung? Alles, was ich brauche, habe ich hier in meinem Bus«, hatte Vladimir erklärt und Freddie seinen Kühlschrank und eine Klappdusche gezeigt, die hinter der Kofferraumklappe eingebaut waren, direkt neben einem Kleiderschrank, in dem er seine Siebensachen lagerte. Dann hatte er zwei Schlafsäcke aus dem Gepäckraum geholt und auf einem kleinen Gaskocher für sie beide Nudeln mit Tomatensoße gekocht.

Als sie spät in der Nacht in ihren Schlafsäcken lagen, erzählte Vladimir, dass auch seine Eltern gestorben waren, als er noch ein Kind war. Bis er 16 war, hatte er in Heimen gelebt, was – nach allem, was Freddie berichtet hatte – immer noch besser war, als bei Tante Ruth und Onkel Oswald zu wohnen.

Vladimir war in vielen Heimen gewesen. Das Einzige, was sich nie geändert hatte, war, dass es immer einen Kerl gab, der alle anderen verprügelte, und dass am Heiligabend der Weihnachtsmann zu ihnen kam.

Auch Freddie erzählte. Von seiner Mutter und seinem Vater und den Sprüchen, die er erfunden hat.

»Was Sie vorhin gesagt haben, war auch von ihm.«

»Was denn?«

»Dass es keine Probleme gibt, nur Lösungen. Das hat sich mein Vater mal für einen Glückskeks ausgedacht. Damals.«

Vladimir sah Freddie lange an.

»Ihr verarscht mich doch nicht? Ich meine, wegen der Sache mit dem Weihnachtsmann.«

»Bestimmt nicht. Ich schwör's«, antwortete Freddie feierlich.

Vladimir schaute nach draußen. Es war eine sternenklare Nacht. Die Sichel des Mondes leuchtete hell am Himmel.

»Okay, dann sollten wir langsam aufbrechen«, sagte er nach einer Weile und schälte sich aus seinem Schlafsack.

So leise wie möglich fuhr er mit dem Bus die Straße entlang. Vor dem Haus von Tante Ruth und Onkel Oswald stellte er den Motor ab und ließ den Wagen fast geräuschlos die Auffahrt hinaufrollen. Nur das Knirschen der Reifen war zu hören.

Vladimir parkte den Bus genau unter dem Fenster, das in Freddies kleine Kammer führte. Durch die Dachluke kletterten er und Freddie auf das Dach des Busses. Von hier aus war es eine Kleinigkeit, durch das Fenster in Freddies Kammer einzusteigen. Die beiden standen auf dem Bus und lauschten. Als sie nichts Verdächtiges hörten, öffnete Vladimir das Fenster mit einem Schraubenzieher.

»Passen Sie auf! Da ist ein Loch im Boden. Mitten im Zimmer«, warnte Freddie den Busfahrer leise.

»Völlig bekloppt, deine Verwandten«, flüsterte Vladimir zurück, dann kletterten sie durch das Fenster in die winzige Kammer.

»Hier riecht's so komisch. So süßlich.« Vladimir hielt die Nase in die Luft.

»Wahrscheinlich hat Tante Ruth wieder Honigplätzchen gebacken. Da vorne ist es«, antwortete Freddie und zeigte auf sein Herz. Es hing noch immer an der Spitze des kleinen Baumes. Freddie konnte es genau sehen. Es war nur wenige Schritte entfernt.

Als er auf das Bett zuschlich, trat er mit seinem rechten Fuß in irgendetwas – etwas Weiches, Klebriges. Auch sein linker Fuß versank in einer leimigen, matschigen Masse.

»Das ist eine Falle!«, schrie Vladimir, der mit seinen Schuhen ebenfalls festsaß. Er ließ die Taschenlampe aufleuchten, die er für den Notfall mitgenommen hatte, und da sahen sie die Bescherung. Der ganze Fußboden war über und über mit Tante Ruths gesammelten Margarinedosen bedeckt. Alle bis zum Rand gefüllt mit ihrem schier unerschöpflichen Honigvorrat. Das Zeug klebte wie Tannenharz an den Schuhen, und es war überall. Egal, wo sie hintraten.

»Nichts wie weg!«, rief Vladimir, der hörte, wie Onkel Oswald, Tante Ruth und Kusine Emily unten durch den Flur polterten und die Stufen nach oben rannten.

»Wir haben ihn, wir haben ihn!«, kreischte Tante Ruth draußen vor der Tür, und Onkel Oswald brüllte auf der Treppe: »Hab doch gesagt, dass der sein vertrocknetes Herz nie und nimmer zurücklässt!«

Vladimir sprang aus dem Fenster aufs Dach seines Busses. Freddie floh nicht. Noch nicht. Er kämpfte sich durch die Honigfallen zu seinem Lebkuchenherz, schnappte es sich und machte sich schnell auf den klebrigen Rückweg.

Als er das Fenster fast erreicht hatte, stürmte Kusine Emily herein. Freddie war schon mit einem Bein draußen, aber sie erwischte eine Ecke des Herzens und umklammerte es so fest, als wollte Freddie die Fernbedienung ihres Fernsehers entführen.

Draußen hörte Freddie, wie Vladimir den Motor des Busses anließ, und drinnen sah er, wie Tante Ruth und Onkel Oswald, die nun auch endlich oben angekommen waren, an der Tür ausrutschten und sich in ihren Nachthemden der Länge nach in den Honig legten.

»Lass ihn nicht entkommen, Emily!«, kreischte Tante Ruth, die vergeblich versuchte, wieder auf die Beine zu kommen.

Kusine Emily hatte nicht die Absicht. Sie ließ einfach nicht locker. Als Freddie ein letztes Mal kräftig an dem Herzen zog, brach es in der Mitte entzwei. Auf Freddies Hälfte stand »Vom großen Glück«, auf der von Kusine Emily »ein kleines Stück«, und das, obwohl es das größere Teil des Herzens war.

19.

Gespräch unter Männern

Freddie sprang mit seinem halben Herz aus dem Fenster auf das Dach des Busses. Vladimir hatte bereits den Rückwärtsgang eingelegt und nur auf ihn gewartet. Jetzt gab er Gas und heizte die Auffahrt hinunter.

»Wir finden den Weihnachtsmann, und wenn wir

dafür den ganzen Wald abholzen müssen!« Onkel Oswald, dessen Haare und Gesicht im Mondlicht honiggelb leuchteten, lehnte sich weit aus dem Fenster und schrie ihnen hinterher. »Darauf kannst du Gift nehmen!«

Vladimir hatte mit dem Bus längst die Straße erreicht. Freddie hockte noch immer oben auf dem Dach des Busses. Herunterfallen konnte er nicht. Der Honig unter seinen Schuhen klebte wie Weltraumkleister auf dem Blech. Auch Vladimirs Sohlen schienen durch den Honig mit dem Gaspedal verschmolzen zu sein. Er wurde einfach nicht langsamer, bis er endlich doch noch zum Stehen kam. Direkt vor Freddies Schule.

Freddie lag auf der Rückbank des Busses und konnte nicht einschlafen. Es war schon die zweite Nacht, die er nicht zu Hause verbrachte, und er fragte sich, ob er überhaupt jemals wieder nach Hause kommen würde. Nach Hause! Wie leicht sich das sagte. Als wenn die kleine Kammer bei Tante Ruth und Onkel Oswald jemals ein Zuhause gewesen wäre.

Mit seinen Eltern war Freddie ein paarmal in den Urlaub gefahren. Sie waren in Finnland, Russland, Ägypten und Portugal gewesen. Seine Mutter meinte, es sei nie zu früh, alle vier Himmelsrichtungen kennenzulernen. Gemeinsam mit seinen Eltern war auf diesen Reisen noch die kleinste Pension für Freddie zu einem Zuhause geworden. Selbst dann, wenn sie nur eine Nacht geblieben waren. Er versuchte, sich zu erinnern, wann er sich das letzte Mal irgendwo zu Hause gefühlt hatte. Die Rückbank hier im Bus war okay, aber so richtig warm und wohl war ihm zuletzt in der Hütte im Wald gewesen.

Draußen wich das Schwarz der Nacht langsam dem Grau des frühen Morgens. Es konnte nicht mehr lange dauern, und die ersten Sonnenstrahlen würden rot auf seine Schuhe fallen, die immer noch oben auf dem Dach des Busses festpappten. Freddie und selbst Vladimir war es nicht gelungen, sie vom Blech zu lösen, und so war Freddie auf Socken durch die Luke in den Bus geklettert.

Freddie zählte noch einmal durch: Mit Tom, Martha und Vladimir waren es drei Richtige. Nahm man Max dazu, waren es vier. Vielleicht merkte es der Alte ja nicht, dass er noch Windeln trug. Trotzdem: Einer fehlte noch. Aber diesmal wusste Freddie genau, wo er ihn, oder besser gesagt sie finden würde. Es war das erste Mal, seit er den Alten verlassen hatte, dass er einen richtigen Plan hatte. Hoffentlich war es auch ein guter, dachte Freddie, als Vladimir ihn wecken kam.

»Wir müssen aufstehen, ist schon bald neun Uhr«, sagte der Busfahrer und reichte Freddie eine Tasse mit warmem Tee.

Kurz darauf standen sie vor dem Bus und warteten auf die anderen. Vladimir hatte Freddie ein Paar Schuhe geliehen, die ihm mindestens sechs Nummern zu groß waren. Freddie sah damit aus wie ein Zirkusclown, und so richtig wärmten sie seine Füße auch nicht.

»Meinen Sie, der Weihnachtsmann wäre auch mit einem halben Herz zufrieden, wenn ich es nicht schaffe?« Freddie sah Vladimir fragend an.

Der Busfahrer nippte nachdenklich an seiner Teetasse. »Weiß nicht, Wettschulden sind Ehrenschulden. Besser, du schaffst es.«

Ehe Freddie etwas antworten konnte, wurde er von hinten in den Schwitzkasten genommen.

»Wehe, wenn er nicht da ist«, sagte Tom zur Begrüßung.

»Keine Sorge, Tom, wird sicher da sein«, keuchte Freddie. »Das ist übrigens Vladimir, er fährt uns.«

»Wohin?«, fragte Tom und ließ Freddie aus dem Schwitzkasten frei.

»Na, zum Weihnachtsmann, wohin denn sonst?« Freddie rieb sich seinen schmerzenden Hals.

»Aber nicht, dass ihr glaubt, dass ich an den glaub«, erwiderte Tom.

»Ich hab doch gesagt, irgendwo ist immer einer, der die anderen verprügelt«, sagte Vladimir und zwinkerte Freddie zu.

Tom hatte es nicht gehört, weil er Freddies Schuhe auf dem Dach des Busses entdeckt hatte.

»Was machen die denn da oben?«

»Das ist eine lange Geschichte«, antwortete Freddie knapp, weil jetzt auch Martha und Max die Straße entlanggerannt kamen.

»War gar nicht leicht, von zu Hause wegzukommen. Ich hab gesagt, wir müssen noch ein Geschenk besorgen. Bis zwölf haben wir Zeit!«, rief Martha noch ganz außer Atem. Sie lächelte Freddie an und Freddie lächelte zurück.

»Hurra, wir sehen den Weihnachtsmann. Hurra, wir sehen den Weihnachtsmann«, sang Max laut vor sich hin.

»Was wird das hier, ein Schulausflug?«, fragte Tom misstrauisch.

»So etwas Ähnliches«, sagte Freddie, und Vladimir rief: »Alles einsteigen, es geht los! Der Weihnachtsmann-Express startet in genau einer Minute.«

»Aber nicht, dass ihr glaubt, dass ich …«

»Keine Sorge, Tom, niemand glaubt das«, unterbrach ihn Freddie und schob ihn in den Bus.

Freddie setzte sich direkt hinter Vladimir. Max und Martha saßen auf der Bank neben ihm, nur Tom hatte sich in die letzte Reihe verzogen.

20.

Ein Schulausflug

Als sie alle im Bus saßen, beugte Martha sich zu Freddie hinüber und zeigte auf das halbe Lebkuchenherz. »Was ist denn mit dem passiert?«

»Meine Kusine wollte unbedingt die andere Hälfte behalten. Ich glaube, sie hatte Hunger.« Freddie tat, als ob ihm das nichts ausmachen würde. Martha nahm ihm das nicht ab, wechselte aber trotzdem das Thema.

»Ich hab noch mal nachgerechnet. Mit Tom, Vladimir, Max und mir sind wir vier, oder besser dreieinhalb. Da fehlt doch immer noch ein Richtiger. Wo willst du den jetzt noch herkriegen?«

»Ich zähl für zwei«, rief Max dazwischen.

»Wir können nur hoffen, dass du überhaupt zählst«, sagte Vladimir und zwinkerte Max im Rückspiegel zu.

»Pah«, machte Max und schaute beleidigt aus dem Fenster.

»Was denn für fünf Richtige? Wovon redet ihr überhaupt die ganze Zeit?«, rief Tom von hinten, bekam aber keine Antwort.

»Keine Sorge, Martha, ich habe schon einen Plan«, sagte Freddie. »Vladimir, wissen Sie, wo die Rosenstraße ist? Hausnummer 24?«

Vladimir nickte und schloss die Türen.

Während der Fahrt sagte niemand ein Wort. Freddie guckte aus dem Fenster. Irgendjemand hatte die Stadt über Nacht mit rot-weißen Zetteln plakatiert. Sie hingen überall: an Laternen, Plakatwänden und Litfaßsäulen. Als Vladimir an einer roten Ampel halten musste, konnte Freddie einen der Aushänge lesen.

*»Wenn du uns sagst, wo der WM wohnt,
kriegst du die zweite Hälfte.
Wenn nicht, essen wir sie auf.*

Onkel O, Tante R & Kusine E«

Freddie hatte keine Zeit mehr, sich darum zu kümmern. Er musste es einfach schaffen, die fünf Richtigen zur Hütte zu bringen, dann würde er sein Lebkuchenherz nicht mehr brauchen. Zumindest nicht für die Wette.

»Wir sind da. Rosenstraße 24.« Freddie wurde von Vladimir aus seinen Gedanken gerissen.

Sie hielten vor einem Haus, das in Hunderte von Lichterketten eingewickelt war. Es glitzerte wie ein Strauß Wunderkerzen an Silvester.

Freddie stieg aus und huschte an einem Rennrad vorbei, das an einer Laterne angeschlossen war, über die nasskalten Pflastersteine zum Eingang. Schon auf dem Bürgersteig hatte er die viel zu großen Schuhe verloren und so stand er nun in Socken vor der Haustür. Hinter ihm drückten sich Vladimir und die Kinder die Nasen an der Scheibe platt.

Niemand sagte ein Wort, außer Tom: »Da wohnt doch …«

»Psst«, machte Martha, die nichts von dem, was da draußen passierte, verpassen wollte.

Die Haustür war über und über mit Tannen- und Mistelzweigen behangen, und neben der Klingel klebte ein großes handgeschriebenes Schild »Möbliertes Zimmer zu vermieten«, das von einem weiß blinkenden Schneemann beleuchtet wurde.

Freddie klingelte. Es dauerte eine Weile, bis sich die Tür öffnete, und seine alte Lehrerin Frau Nöll vor ihm stand. Sie trug rote Pantoffeln, einen gelben Morgenmantel und wirkte schrecklich verschlafen. In ihrem zerknautschten Gesicht hatte ihr Kissen deutliche Spuren hinterlassen, und sie sah nicht so aus, als ob sie sich über den Besuch freuen würde.

»Du?! Weißt du, wie spät es ist, Freddie? Es sind Ferien, und es ist mitten in der Nacht«, sagte sie und gähnte.

»Es ist halb zehn«, antwortete Freddie.

»Ich sag ja, mitten in der Nacht. Was willst du?«

»Glauben Sie, dass es auch noch echten Erdbeerjoghurt gibt?«

»Wie bitte?«

»Welchen aus echten Erdbeeren. Sie haben selbst gesagt, dass er besser schmeckt, wenn man glaubt, es sind echte drin. Es ist wichtig.«

»Meinetwegen, wenn es so wichtig ist, glaube ich an echte Erdbeeren im Joghurt. Kann ich jetzt weiterschlafen?«

»Dann glauben Sie auch an den Weihnachtsmann, nicht wahr?«

»Was hat das denn miteinander zu tun?«

»Na, weil Joghurt mit echten Früchten einfach besser ist und Weihnachten eben auch, wenn man noch an den Weihnachtsmann glaubt.«

»Was soll das, Freddie?«

»Ja oder nein?«, drängte Freddie, der auf der Stelle lief, damit seine Füße nicht zu lange den eisigen Boden berühren mussten. Ausgerechnet jetzt ließ sich Frau Nöll unendlich viel Zeit für ihre Antwort.

»Ich sag mal so: Wenn es ihn nicht gibt, ist es völlig egal, ob ich an ihn glaube oder nicht. Macht keinen Unterschied. Aber wenn es ihn doch gibt, ist es besser, man glaubt an ihn. Spricht im Zweifel also alles dafür, an ihn zu glauben. Kann man nur gewinnen. Also ja, Freddie, ich glaube an den Weihnachtsmann«, sagte sie endlich nach einer halben Ewigkeit. »Und jetzt lass mich wieder zurück in mein Bett. Wir können gerne nach Weihnachten weiterreden.«

»Dann ist es zu spät. Kommen Sie schon.«

Freddie nahm Frau Nöll an der Hand und zog sie in

ihrem Morgenmantel und ihren Hausschuhen hinter sich her.

»Was hast du vor?«

»Das erklär ich Ihnen im Bus. Wir dürfen keine Zeit mehr verlieren.«

Vladimir reichte Frau Nöll seine Hand, um ihr beim Einsteigen zu helfen. Sie gefiel ihm auf den ersten Blick, das war nicht zu übersehen. Auch die alte Lehrerin schenkte dem Busfahrer ein ausgesprochen freundliches Lächeln. Dann erst entdeckte sie die anderen Kinder.

»Was wird das hier? Ein Schulausflug?«

»Das hab ich auch schon gefragt«, rief Tom von seiner Rückbank. »Aber mir sagt hier ja keiner was!«

»Wir fahren den Weihnachtsmann besuchen, der wohnt in einem Palast mitten im … «, platzte es aus Max heraus, ehe Martha ihm den Mund zuhalten konnte.

21.

Spuren im Schnee

»Ist das wahr?« Frau Nöll drehte sich überrascht zu Freddie um. »Ihr fahrt den Weihnachtsmann besuchen, und er wohnt in einem Palast?«

»Klar ist das wahr, bis auf die Sache mit dem Palast. Mit Ihnen sind es fünf. Fünf Richtige für den Weihnachtsmann«, erklärte Freddie.

»Hey, ich weiß zwar nicht, was du da die ganze Zeit zusammenzählst, aber mich darfst du da nicht mitrechnen«, protestierte Tom.

»Okay, dann eben vier und einer, der glaubt, dass er nicht an ihn glaubt, obwohl alle anderen es wissen«, sagte Martha und grinste Tom frech an.

Vladimir sagte nichts. In seinem Rückspiegel ließ er die Lehrerin nicht einen Augenblick aus den Augen. Als Frau Nöll die langen Blicke bemerkte, errötete sie wie ein junges Mädchen.

»Sie werden ja ganz rot«, rief Max.

»Das ist nur, weil mir so kalt ist in meinen Hausschuhen«, erklärte sie verlegen und setzte sich schnell auf einen Platz am Fenster.

»Hören Sie auf zu träumen, Vladimir.« Freddie schlug den Busfahrer auf die Schulter. »Wir müssen los. Erinnern Sie sich an die Bushaltestelle, an der ich gestern Früh eingestiegen bin? Da müssen wir hin.«

»Wohin? Wieso? Ach so. Klar, natürlich, schon unterwegs«, stotterte Vladimir ertappt und fuhr los.

Als sie die Haltestelle am Waldrand erreichten, waren auch Frau Nöll und Tom im Bilde. Freddie hatte ihnen alles erklärt und ihnen eingeschärft, dass keiner von ihnen auch nur mit einer einzigen Silbe erwähnen durfte, dass Max noch Windeln trug.

»Aber nur manchmal«, hatte Max gerufen, doch Martha hatte gesagt: »Windeln sind Windeln.«

Freddie, dessen Zehen sich in den nassen Socken anfühlten wie zehn Kugeln Zitroneneis, hoffte noch immer, dass der Weihnachtsmann die kleine Schummelei nicht bemerken würde.

»Und wohin jetzt?« Vladimir hielt mit seinem Bus an der Haltestelle am Waldrand.

Freddie zeigte auf den schmalen Weg, der auf der anderen Seite der Straße in den Wald führte. Dort hatte ihn der Weihnachtsmann abgesetzt.

Es schneite jetzt wieder. Vladimir hing mit den Augen fast vor der Windschutzscheibe, um den Bus bei dem Schneegestöber auf dem schmalen Waldweg nicht gegen einen Baum zu setzen. Dann kam er an eine Gabelung. Vladimir stoppte und sah sich fragend zu Freddie um.

»Nach rechts oder nach links?«

Freddie hatte keine Ahnung. Rechts oder links? Woher sollte er das wissen? Freddie versuchte, sich zu erinnern, welchen Weg er mit dem Weihnachtsmann gekommen war, aber es war aussichtslos. Unter dem Neuschnee sahen die Wege und Bäume alle gleich aus.

»Da vorne, das sind doch Spuren im Schnee, oder?«, rief Frau Nöll plötzlich.

»Und ob das Spuren sind! So wenig zu verfehlen wie eine vierspurige Bobbahn! Sie sind echt 'ne Wucht, Frau Nöll!«, rief Vladimir.

»Ach, das hätte doch jeder andere auch gesehen«, nuschelte sie verlegen und kuschelte sich in ihren Morgenmantel.

Die Spuren stammten von einem großen Schlitten und sie führten den Bus immer tiefer in den Wald hinein. Obwohl es jetzt stärker schneite, verschwanden sie nicht, sondern blieben die ganze Zeit deutlich zu erkennen. Freddie erinnerte sich, dass der Schlitten auf seiner Fahrt mit dem Weihnachtsmann keine Spuren hinterlassen hatte. Diese Spuren waren nicht zufällig da. Sie waren extra für sie gelegt worden. Der Alte wartete auf ihn und die fünf Richtigen, so viel stand fest.

»Dahinten steht eine Hütte!«

Vladimir hatte sie als Erster entdeckt. Sofort drängten alle nach vorne, um sie mit eigenen Augen zu sehen. Keiner sagte ein Wort, und sogar Tom verzichtete diesmal darauf, zu betonen, dass er nicht an den Weihnachtsmann glaubte.

»Na, dann wollen wir mal«, unterbrach Freddie nach einer Weile die Stille und drückte den roten Knopf am Armaturenbrett. Die Türen sprangen mit einem Ruck auf, und Freddie und die anderen sprangen hinaus.

Dicht aneinandergedrängt schoben sich Freddie, Martha, Max, Tom, Frau Nöll und Vladimir zur Hütte. Alle hatten ein wenig Angst vor dem, was kommen würde. Außer Freddie war bisher niemand dem Weihnachtsmann begegnet, und vielleicht war er gar nicht so sanft und gutmütig, wie man sich immer erzählte. Auch Freddie war aufgeregt. Er spürte kaum noch, wie eiskalt sich seine Füße anfühlten.

»Du musst anklopfen«, sagte Tom und schubste Freddie zur Tür.

»Warum gerade ich?«, fragte Freddie.

»Na, weil das dein Weihnachtsmann ist. Du hast ihn entdeckt«, antwortete Tom und damit hatte er ausnahmsweise mal Recht.

Freddie tat tapfer einen Schritt nach vorne und klopfte. Nichts passierte. Als er sich umdrehte, sah er, wie die anderen aus sicherer Entfernung neugierig zu ihm herüberspähten. Max hatte sich hinter seiner Schwester versteckt, und Frau Nöll hatte hinter Vladimir Schutz gesucht, der Freddie aufmunternd zuwinkte. Genau wie Martha.

Freddie klopfte noch einmal.

»Immer langsam mit den alten Rentieren. Ich komm ja schon. Man wird ja wohl noch in Ruhe seine Tiere füttern dürfen«, dröhnte es hinter Freddie. Der Alte schlenderte gemütlich um die Ecke und hielt einen Sack mit Hafer in der Hand.

»War gar nicht sicher, ob du wiederkommst«, sagte der Alte zu Freddie, ohne die anderen auch nur eines Blickes zu würdigen.

»Wir haben doch gewettet«, antwortete Freddie.

»Aber du hast deinen Einsatz nicht dabei. Zumindest nicht vollständig«, sagte der Alte und zeigte auf das halbe Herz.

»Dafür hab ich die fünf Richtigen dabei«, antwortete Freddie. Er bemühte sich sehr, dass es so klang, als würde er selbst fest daran glauben.

»Ob das fünf Richtige sind, muss sich erst noch erweisen.« Der Weihnachtsmann stellte den Futtersack auf dem Boden ab.

»Woher wissen wir überhaupt, dass Sie der richtige Weihnachtsmann sind?«, rief Vladimir ärgerlich. Dem Busfahrer gefiel der Ton, in dem der Alte mit Freddie sprach, überhaupt nicht.

»Genau, woher wissen wir das?«, unterstützte ihn auch Frau Nöll, die sich demonstrativ bei Vladimir unterhakte.

»Wollen wir mal sehen.« Es war das erste Mal, dass der Weihnachtsmann überhaupt von den Fünfen Notiz nahm. Er ging zu ihnen hinüber und baute sich direkt vor ihnen auf. Eigentlich sah es ganz lustig aus, wie er und Frau Nöll sich in ihren Morgenmänteln gegenüberstanden, fand Freddie. Wenn die Sache nicht so ernst gewesen wäre, hätte er bestimmt auch gelacht. So aber traute er sich nicht.

»Sie, Frau Nöll, hatten sich mit sieben zu Weihnachten eine große Schiefertafel gewünscht, aber dann nur eine Puppe bekommen. Sie haben die ganze Nacht geheult. Und Sie, Vladimir, wurden am Heiligabend 1962 von einem Kerl namens Robert verprügelt, weil ihr Geschenk größer war als seins. Du, Tom, hast vor zwei Jahren dein neues Feuerwehrauto gleich unterm Tannenbaum auseinandergenommen. Die Einzelteile liegen immer noch in deinem Zimmer verstreut, weil du es bis heute nicht wieder zusammenbekommen hast. Unser kleiner Max hier hat letztes Jahr Omas Perücke angekokelt, weil sie ihm das Bilderbuch *Der kleine Bo geht schon aufs Klo* geschenkt hat, und du, Martha, hast am selben Tag ein Tagebuch bekommen. Dein erster Eintrag vom 25. Dezember lautet: »Ich freu mich auf die

Schule, dann sehe ich Freddie wieder.« Der Weihnachtsmann machte eine bedeutungsschwere Pause. »Noch Fragen?«

22.

Fünf Richtige

Es gab keine Fragen mehr. Auch ohne seinen roten Mantel hatte der Weihnachtsmann allen eindrucksvoll bewiesen, dass er der echte war. Woher hätte er das sonst alles wissen können?

Frau Nöll und Vladimir standen beschämt da und betrachteten verlegen ihre Schuhspitzen.

»'tschuldigung«, murmelten sie.

»Schon gut«, sagte der Weihnachtsmann und wandte sich Freddie zu. »Fünf Richtige, sagst du?«

Freddie nickte, und auch die anderen versuchten, möglichst so zu gucken, als wenn es daran gar keinen Zweifel geben konnte. Der Alte aber grinste nur wissend und nahm Freddie das halbe Herz ab.

»Fast.«

»Wie fast?«, rief Freddie entgeistert.

»Fast hättest du es geschafft. Stimmt schon, die glauben noch alle an mich. Auch die Großen. Aber der Kleine da trägt Windeln«, sagte der Weihnachtsmann und deutete auf Max. »So etwas sehe ich sofort. Und jetzt lasst mich in Ruhe, ich will mich noch eine Runde aufs Ohr legen.«

»Aber doch nur manchmal!«, rief Martha.

»Und das zählt nicht«, flehte Max.

»Windeln sind Windeln«, sagte der Weihnachtsmann. »Und eine Wette ist eine Wette. Tut mir leid, Freddie.«

Freddie stand einfach nur da, wie tiefgefroren. Unfähig, auch nur ein Wort zu sagen. Den anderen ging es nicht besser. Der Weihnachtsmann war schon fast wieder in seiner Hütte verschwunden, als Tom plötzlich etwas einfiel. Ausgerechnet Tom.

»Hey, nicht so schnell. Wir sind doch fünf! Ich meine, auch wenn ich eigentlich nicht an dich glaub, nicht dass ihr das glaubt, nur heute ausnahmsweise sozusagen.«

Der Weihnachtsmann drehte sich um und sah Tom belustigt an. »Und wer, bitte schön, ist diese geheimnisvolle Nummer fünf?«

»Na, er!«, sagte Tom und zeigte mit seinem Finger auf Freddie.

»Ich?«, fragte Freddie verdutzt.

»Natürlich, Tom hat Recht!«, rief Martha. »Da hättest du auch selbst draufkommen können.«

»Aber ich glaub doch gar nicht an den Weihnachtsmann. Seit dem Unfall schon nicht mehr«, stammelte Freddie.

»Und warum hast du dir dann die ganze Mühe gegeben, uns alle zusammenzutrommeln?«, fragte Frau Nöll.

»Na, wegen der Wette.«

»Blödsinn, keiner von uns glaubt so sehr an den Weihnachtsmann wie du«, sagte Vladimir.

Freddie war verwirrt. Konnte es sein, dass er an den Weihnachtsmann glaubte, ohne es gemerkt zu haben? Warum sonst war es ihm so wichtig gewesen, dass der Alte sich nicht zur Ruhe setzte? Darüber hatte er sich noch gar keine Gedanken gemacht. Um ehrlich zu sein, hatte er für solche Gedanken auch noch gar keine Ruhe gehabt, er hatte ja die ganze Zeit nach anderen gesucht, die an den Weihnachtsmann glaubten. In Freddies Kopf drehte sich alles, und er war froh, dass ein anderer ihm die Entscheidung abnahm.

»Wenn das so ist«, sagte der Alte lächelnd, »dann zählen wir noch mal nach. Martha, Tom, Vladimir und Frau Nöll sind vier. Mit dir, Freddie, sind es fünf. Fünf Richtige. Ich glaub, ich muss dir was zurückgeben.«

Der Weihnachtsmann nahm das halbe Herz und hängte es Freddie um den Hals.

»Und jetzt verschwindet endlich. Ich hab einen Riesenberg Arbeit zu erledigen«, brummte der Alte schmunzelnd.

»Das heißt, Sie machen weiter? Sie hören nicht auf?« Freddie konnte es immer noch nicht fassen. Er hatte es wirklich geschafft.

»So war doch unsere Wette, wenn ich mich nicht irre?«, antwortete der Weihnachtsmann und grinste. »Und jetzt ab nach Hause mit euch.«

»Ich wollte Sie aber noch was fragen«, meldete sich Tom.

»Dann mach schnell, ist nicht mehr viel Zeit bis zur Bescherung.« Der Weihnachtsmann winkte ihn zu sich, und Tom kletterte auf die Bank neben der Tür, damit er dem Alten ins Ohr flüstern konnte. Danach flüsterte der Weihnachtsmann etwas in Toms Ohr, so leise, dass keiner von den anderen etwas verstehen konnte. Als Tom von der Bank heruntersprang, strahlte er wie ein Krippenengel.

»Jetzt aber los, ich kann schließlich nicht den ganzen Tag mit euch vertrödeln, und außerdem müsst ihr doch zu Hause unterm Weihnachtsbaum stehen und Gedichte aufsagen«, schimpfte der Alte gut gelaunt und scheuchte sie alle in den Bus.

Zuerst stieg Tom ein, dann Frau Nöll und Vladimir, der die Lehrerin fragte, ob das möblierte Zimmer in ihrem Haus noch frei wäre. Frau Nöll schlug ihm vor, auf der Stelle einzuziehen, dann könnten sie gleich zusammen Weihnachten feiern. Das wäre doch viel schöner als so ganz alleine, und das fand Vladimir auch.

Ihnen folgten Martha und Max, der beim Einsteigen immer wieder betonte, dass er die Windeln höchstens einmal die Woche tragen würde. Und das auch mehr aus Gewohnheit, als dass es wirklich nötig wäre. Als alle im Bus saßen, wartete Vladimir nur noch darauf, dass Freddie endlich in den Bus kletterte.

»Was ist mit dir?«, fragte der Weihnachtsmann.

»Alle fahren nach Hause und feiern Weihnachten«, antwortete Freddie traurig. »Nur ich weiß nicht, wo ich hinsoll. Zu Onkel Oswald, Tante Ruth und Kusine Emily kann ich nicht zurück. Will ich auch gar nicht.«

23.

Ein Treffen im Wald

Anstatt zu den anderen in den Bus einzusteigen, starrte Freddie trotzig auf den Schnee zu seinen Füßen. Er wollte auf keinen Fall zurück zu seinen Verwandten. Keiner sagte ein Wort.

»Dann bleib doch. Allein schaff ich die ganze Arbeit bis heute Abend sowieso nicht.« Der Weihnachtsmann lächelte Freddie einladend an. »Bin schließlich nicht mehr der Jüngste, und da könnte ich in den nächsten Jahren deine Hilfe gut brauchen.«

»Im Ernst?«

»Ich kenn allerdings jemanden, dem das überhaupt nicht gefallen würde.« Der Weihnachtsmann zeigte mit seiner Bartspitze auf Martha, die alles mitgehört hatte.

»Kann ich Martha dann gar nicht mehr sehen?«, flüsterte Freddie.

»Du siehst sie doch jeden Morgen in der Schule. Glaub ja nicht, dass du da nicht mehr hinmusst. Ich bring dich persönlich mit dem Schlitten zum Bus.«

Freddie strahlte, und Martha sprang aus dem Bus und umarmte erst Freddie, dann den Alten. Vladimir drückte auf die Hupe. Es wurde Zeit, wenn sie noch vor der Bescherung zu Hause sein wollten.

»Bis bald«, sagte Freddie.

»Bis bald«, sagte Martha.

»Wir kommen dich besuchen … mit Kuchen!«, schrie Max, als Martha wieder in den Bus stieg, und Frau Nöll rief: »Und mit einer Flasche Wein genau wie Rotkäppchen.«

Alle lachten und winkten, und dann fuhr Vladimir los und hupte zum Abschied so laut, dass sich vom

Dach der Hütte eine Schneelawine löste, die Freddie und dem Weihnachtsmann auf den Kopf prasselte. Die beiden störte das nicht. Sie sahen dem Bus mit Freddies Schuhen obendrauf hinterher, bis er nicht mehr zu sehen war.

Erst jetzt spürte Freddie wieder, wie kalt seine Füße waren. Um sie zu wärmen, rieb er sie abwechselnd an seinen Hosenbeinen.

»Genug geplaudert. An die Arbeit, sonst kommen wir erst zu Ostern hier los«, sagte der Weihnachtsmann und klatschte in die Hände.

»Darf ich mir auch was wünschen, ich meine zu Weihnachten?«, fragte Freddie, als sie Seite an Seite zurück zur Hütte gingen.

Der Weihnachtsmann blieb stehen und sah Freddie an. »Ein neues Lebkuchenherz?«

»Nein, nur ein Paar warme Schuhe.«

Freddie war hundemüde, als sie früh am Morgen zurückkamen. So anstrengend hatte er sich das nicht vorgestellt, mit einem Schlitten voller Geschenke durch die Gegend zu reisen.

Es war ein seltsames Gefühl gewesen, diesmal auf der anderen Seite zu stehen. Ab und zu hatte ihm der Weihnachtsmann erlaubt, durch die Fensterscheiben zu spähen, um zu sehen, wie sich die Kinder an den Geschenken freuten.

Jetzt waren alle Geschenke verteilt, ihr Job für dieses Jahr erledigt, und Freddie schlief fast ein, dort oben auf dem Kutschbock. Der Weihnachtsmann hatte die Zügel in der Hand und trieb seine Rentiere zur Eile an. Das war eigentlich nicht nötig, denn sie wollten genauso schnell nach Hause wie er selbst.

Plötzlich stieß der Alte Freddie in die Seite.

»Hey, aufwachen!«

»Sind wir schon da?«, fragte Freddie verschlafen.

»Nein, aber da vorne sind drei alte Bekannte von dir.«

Jetzt sah Freddie sie auch. Direkt vor ihnen stolperten drei Gestalten aus einer Tannenschonung auf den Weg.

Hätte der Weihnachtsmann die Rentiere nicht angehalten, hätte der Schlitten sie glatt überfahren.

»Guten Morgen, Tante Ruth und Onkel Oswald. Hallo, Kusine Emily!«, rief Freddie.

Die drei starrten Freddie an, als hätten sie ein Gespenst gesehen. Dann erst bemerkten sie den Mann im roten Mantel, der neben Freddie saß.

»Ist er das?«, fragte Onkel Oswald.

Freddie nickte.

»Dann schnapp ihn dir, Oswald. Worauf wartest du noch?«, zischte Tante Ruth.

»Jetzt hör schon auf«, antwortete Onkel Oswald müde. »Wir haben keine Ahnung, wie wir aus diesem grässlichen Wald wieder rauskommen.«

Den ganzen Heiligabend waren sie schon im Wald herumgeirrt, auf der Suche nach dem Versteck des Weihnachtsmannes. Dabei hatten sie sich heillos verlaufen und die Heilige Nacht im Wald unter freiem Himmel verbracht. Ohne Festbraten, ohne Kerzen, ohne Geschenke.

»Ich will zu meinem Fernseher und meinem Riesen-Puppenhochhaus mit 13 Etagen in Hellpink mit rosa Sternchen. Ich will, ich will, ich will …«, heulte Kusine Emily.

»Lass uns weiter«, brummte der Weihnachtsmann. »Spätestens in einer Woche sind die hier wieder raus. Sie brauchen nur dem Silvesterfeuerwerk nachzugehen, dann finden sie von ganz allein die nächste Siedlung.«

»Eine Woche?«, jammerte Tante Ruth. »Lieber Freddie, das kannst du deiner lieben Tante doch nicht antun.«

»Klar kann er das«, sagte der Alte. »Und das sollte er auch.«

»Können wir ihnen nicht helfen?« Trotz allem taten seine Verwandten Freddie leid. »Ich meine, sie sind doch schon den ganzen Heiligabend hier rumgeirrt. Das ist Strafe genug, finde ich.«

»Das ist doch keine Strafe. Waldluft ist gesund«, brummte der Weihnachtsmann.

»Bitte! Mir zuliebe.« Freddie blickte den Weihnachtsmann an, der sich nachdenklich seinen Bart rieb.

24.

Heimkehr

»Na, von mir aus«, sagte der Alte zu Freddie. »Aber nur weil heute Weihnachten ist. Je schneller sie aus meinem Wald verschwinden, desto besser.« Dann wandte er sich an Onkel Oswald, Tante Ruth und Kusine Emily: »Also, ihr geht den Weg bis zum Ende, dann rechts, danach links und wieder rechts, dann kommt ihr auf einen anderen Weg, der führt genau zur Straße.«

»Du bist eben doch der gute alte Weihnachtsmann.« Freddie gab ihm einen dicken Kuss.

»Übertreib mal nicht«, knurrte der Alte und wischte sich mit dem Ärmel über die Wange.

»Danke«, presste Onkel Oswald zwischen den Zähnen hervor.

»Jetzt, wo wir den Weg kennen, könnten wir ihn uns doch schnappen«, flüsterte Tante Ruth ihm zu.

»Ich hab das gehört!«, donnerte der Weihnachtsmann, und seine weißen Augenbrauen zitterten zornig. »Besser, ihr verschwindet, ehe ich es mir noch anders überlege.«

Onkel Oswald nahm Tante Ruth an die eine, Kusine Emily an die andere Hand und zog sie schnell fort. Als sie sich auf dem schmalen Weg an dem Schlitten vorbeidrängten, sah er Freddie an.

»Komm, Freddie, wir gehen nach Hause. Und ich will kein Wort mehr über den Weihnachtsmann hören.«

Freddie rührte sich nicht. »Ich bleib hier.«

»Wie hier? Mitten im Wald?« Onkel Oswald sah ihn an, als hätte Freddie beschlossen, wie Tarzan auf den Bäumen zu leben.

»Natürlich bleibt der Prachtjunge bei mir. Ihr wisst ja gar nicht, was das für ein toller Kerl ist, euer Freddie.« Der Weihnachtsmann legte seinen Arm um Freddies Schulter.

»Prachtjunge? Von wegen, ein fauler Nichtsnutz ist das. Nichts als Ärger macht der«, giftete Tante Ruth leise.

Der Weihnachtsmann sagte kein Wort. Er sah sie nur an. So streng, dass selbst Tante Ruth es vorzog, lieber nichts mehr zu sagen. Sie, Onkel Oswald und Kusine Emily rannten so schnell sie konnten den Weg entlang und schon bald waren sie nur noch drei kleine schwarze Punkte, die hinter einer Kurve verschwanden.

»Die sehen wir nicht mehr wieder«, sagte Freddie.

»Hoffentlich.« Der Alte schnalzte mit der Zunge, und die Rentiere setzten sich in Bewegung. Eine Weile hingen beide ihren Gedanken nach. Es war ein schönes Schweigen, friedlich und zufrieden.

Freddie war kurz davor, wieder einzuschlafen. Er dachte an seinen Eltern, aber das erste Mal seit langer, langer Zeit war er dabei fast überhaupt nicht traurig. Natürlich vermisste er sie und er hätte sie gerne jetzt hier bei sich gehabt, aber es tat nicht mehr so weh. Freddie hatte das tiefe und sehr satte Gefühl, endlich ein neues Zuhause gefunden zu haben. Und er war ziemlich sicher, dass auch seine Mutter und sein Vater mit dieser Wahl einverstanden gewesen wären. Ihm fiel ein Spruch seines Vaters ein:

»Ein Becher heiße Schokolade
macht jede Hütte zum Zuhause.«

Das konnte auch für eine kleine Hütte im Wald gelten, fand Freddie. Es hätte sogar ein Zelt sein können, und so gesehen hatte Freddie sogar noch Glück gehabt. Zugegeben, es war kein normales Zuhause, aber das war das Haus von Onkel Oswald und Tante Ruth auch nicht gewesen. Außerdem kannte der Weihnachtsmann Freddies Vater, zumindest hatte er das behauptet. Aber alles, was er gesagt hatte, hatte sich später als wahr erwiesen.

Freddie sank müde zur Seite und lehnte sich gegen den warmen, dicken Körper des Weihnachtsmannes, der ihm eine warme Decke um die Schultern legte und seine Rentiere nun nur noch mit einer Hand lenkte. Freddie befand sich in dem angenehm dämmrigen Zustand, in dem alles etwas langsamer abläuft und in dem man die Welt wie durch eine Milchglasscheibe sieht. Ein Zustand, den man nur erreichen kann, wenn man sich wirklich geborgen fühlt. Das war ein gutes Zeichen, dachte Freddie. Frau Nöll hatte Recht gehabt, so war es viel schöner, als wenn man nicht an den Weihnachtsmann glaubte.

Freddie wachte erst wieder auf, als die Rentiere einen Satz machten, um einem Hasen auszuweichen, der über den Weg hoppelte. Der Weihnachtsmann warf dem Langohr eine Möhre zu, dann sah er Freddie an und grinste. Freddie grinste zurück.

»Ich hätte wirklich nicht gedacht, dass ich das schaffe mit den fünf Richtigen. Weißt du, ich hatte die ganze Zeit fast gar keinen Plan«, sagte Freddie nach einer Weile.

»Dafür hatte ich einen Plan, das reicht für gewöhnlich.«

»Du? Du meinst, du wusstest von Anfang an, wie das alles ausgehen wird?«

Der Weihnachtsmann nickte. »Von der ersten Sekunde an. Hab schon lange nach einer so tüchtigen, klugen Hilfe wie dir gesucht.«

Die beiden schwiegen wieder eine Zeit lang.

»Was hat Tom dich eigentlich gefragt?«

»Das ist ein Geheimnis.«

»Verrätst du es mir?«

»Nein, sonst wäre es ja kein Geheimnis mehr. Hast du Hunger?«

»Und wie. Gibt es wieder Schokoladencreme zum Frühstück?«

»Ab jetzt gibt es jeden Morgen Schokoladencreme. Wenn du willst.«

»Klar will ich. Ich esse alles. Außer Honig.«

»Ich konnte Honig auch noch nie ausstehen.«

»Dann werden wir uns mit Sicherheit prima verstehen.«

»Das werden wir, Freddie, das werden wir, so sicher, wie im nächsten Jahr an Heiligabend wieder Bescherung ist.«